誰來當大王

何元亨 著

目次

自序

每個人都喜歡聽故事，我不僅喜歡聽，也喜歡寫。

這本書裡，我寫童話，也寫真實的生活故事，每一篇故事都有寓意。透過生動有趣，偶爾有點緊張驚悚的情節安排，希望從故事中，讓讀者體悟生活的道理。

故事可以充滿想像與期待，結局也許不是很完美，但總會帶給我們一些收穫。這本書收錄十六篇故事，希望你看完後，都能有意猶未盡的感覺。

何元亨　寫於蘆洲

誰來當大王

「大王，你決定了嗎？到底要怎麼做，你也給大家一個方向啊。」

二〇一二年十一月十六—十七日連載於《國語日報》

這座森林住著許多許多的動物，每一種動物都有一定的活動範圍，各取所需，彼此尊重，井水不犯河水。

有一年的颱風夜，風強雨大，有些松鼠被吹到地面上來。松鼠群的首領名叫王大，趕忙從樹上跳下來，關心起每隻被風吹落的松鼠，王大看完同伴受傷的情形，有的前腳斷了，有的鼻子撞歪了，有的僅是皮肉傷。王大口頭表達關心之後，就默默離開了。

松鼠族群住在森林裡的範圍，他們自稱為松鼠國，這兒食物充足，氣候溫和，祖先從另一座森林遷徙到這兒來好久了，世代在這裡綿延，一直以來相安無事，直到果鷹搬來這兒住以後，一切都改變了。

果鷹飛行速度相當快，喜歡吃水果和各類植物的果實，來無影去無蹤，卻懶得築巢。第一隻果鷹到松鼠國的時候，王大還熱情的歡迎遠地來的客人，善盡地主之誼。

過沒多久，果鷹數量逐漸增加了，王大開始接獲同伴的投訴：「大王，那些大隻鳥太會吃了，而且很浪費，有些水果還沒成熟就被吃了，咬了一口發現不甜，就馬上丟了。你看，滿地都是腐爛的水果。」

「對啊……」

「很浪費啦！」

「他們來之後，我們都吃不飽了……」

「把他們趕出去啦！」

松鼠群你一言我一語的，抱怨果鷹的種種惡行。

這時候，族裡長老請大家安靜，緩緩的說：「這些大鳥，不但搶了我們的食物，還故意破壞森林，甚至還趕走我們的同胞，佔據我們的家……如果繼續這樣，總有一天，我們不但沒得吃，也沒得住，最後就要流浪到別的地方了。」

「那怎麼辦？」一隻松鼠問。

「團結起來趕走他們！」大家異口同聲的說。

「不行不行，他們會飛，嘴巴又很尖銳，爪子又很有力，上次有隻大鳥搶我的食物，我不給，你看我的腳都被大鳥咬斷了，我們根本就打不贏，投降吧！」有一隻拄著拐杖的松鼠說。

大家又七嘴八舌的討論起來了，只見王大眉頭深鎖，躲在角落不發一語，看著族裡同伴受苦，飽受果鷹欺壓，又無力反擊，他不斷的以兩手輕刷兩頰，減輕緊張不安的情緒。族群大老們見王大苦思許久，提不出良策，心也急了，他們對王大說：「大王，你決定了嗎？到底要怎麼做，你也給大家一個方向啊。」

王大繼續不斷的刷刷兩頰，沉默不語。

松鼠們維持一段時間的靜默，突然起了一陣大風，從樹上掉下一顆如葡萄般的松果，立刻引起一陣騷動！原本井然有序的隊伍，開始爭搶起那顆小小的松果，有些原本就受傷的松鼠，禁不起同伴爭搶時的踩踏，哀嚎聲此起彼落……最後，仍不知道幸運兒是誰？只見大家雙頰凹陷，不停的咀嚼想像中的松果，到底誰吃掉了，沒有人願意承認，也沒有人知道。

混亂的嘈雜聲中，突然傳來一聲喝斥：「不要吵！」王大開口大叫。周圍又陷入一片安靜，偶有風吹樹枝颼颼的聲音，王大一躍而上，站在樹上向大家說：「同胞們，忍一忍吧，我們打不過果鷹的。如果真要打，我們會滅亡的。」

「對啊……」鼓譟的聲音又起。

「那怎麼辦？我們怎麼活下去呢？」其中一個長老說話了。

「好吧，我去找果鷹的大王談判，請果鷹留一些食物給我們。三天後，請大家在這裡集合，我再向大家說明。」王大大聲的說完，一溜煙消失在樹枝上。

眼見王大一走，松鼠們悻悻然散去，受傷的松鼠拖著沉重腳步，緩緩的離開。

隔天中午，王大求見果鷹的首領，首領一見王大，啪的一聲從高處飛下，一腳踩住王大，王大被踩得喘不過氣來，拼命用那又短又小的雙手，不停的想要推開那隻大爪，即使他咬緊牙試圖要撐開果鷹尖銳的爪子，卻怎麼也動彈不得。

「哈……」果鷹首領驕傲的大笑，「就憑你？鼠輩！」一腳踢開了王大。

王大滾了好幾圈才起身，拍拍身上的灰塵說：「要什麼條件，你們才願意離開？」

「哈……」首領和果鷹們笑得更倉狂。整群果鷹全飛了下來，團團圍住王大，王大只見眼前一片昏暗，不見強烈的陽光……果鷹首領更故意踩住王大的尾巴。

由於直立捲起的尾巴是松鼠至高無上的象徵，被這麼狠狠的踩在腳下，也讓王大發火了，一個轉身，想突襲果鷹首領的腳。首領被王大突來的動作，本能的滑步，沒想到腳一滑，把王大的尾巴扯斷了一大截，王大痛得在地上打滾，不斷哀號，一邊大哭一邊求饒。

「哈哈……」首領和果鷹們笑得更驕傲了。

「鼠輩，該走的是你們，不是我們！哈……」首領笑得合不攏嘴。

三天後，松鼠們再次集合在一起。王大的尾巴包著紗布，緩緩移動步伐，拖著白色紗布的尾巴走進集合場，像極了穿著白紗禮服的人類新娘。他躍不上樹枝，只好請大家以他為圓心圍成一圈，他向大家宣布：「同胞們，我們投降吧，果鷹太強了，我們實在打不過，我帶大家離開！跟我走吧！」

這個松鼠小圈圈的空氣頓時凝結成烏雲，每隻松鼠臉上盡是沮喪，啜泣聲從圓周邊傳了出來。此時王大尾巴上的白紗布，更像是被丟棄在地上投降的白旗子。

「你要帶我們去哪裡？」說話的是王大的鄰居王二。

「對啊！對啊！要走去哪裡？」前途茫然，眾松鼠又開始鼓譟了。

「決一死戰！」王二忽然喝斥，語氣鏗鏘而有力。

一旁的松鼠們，轉而責罵王二：「決什麼死戰啊？果鷹那麼強大，你沒看見王大的尾巴都被扯斷了？要死，你自己去啦。我們要投降，離開這個地方就好，我們想要活下來。」

「滅族啊！滅……族……啊。」長老邊哭著邊吐出這三個字來。

王大在圓心處依舊不斷刷著兩頰，眾鼠們開始議論紛紛，經過一段時間討論後，贊成投降的還是佔多數，跟著王大離開這片森林了，少數不願離開的則跟著王二留在森林裡。

王二和其他少數的松鼠留下來對抗果鷹，為了查清楚果鷹的弱點，王二利用白天和夜晚兩個時段，躲在草叢裡觀察果鷹們的一舉一動。大約觀察了一個星期，發現果鷹通常利用白天覓食，到了夜晚，就不見有覓食的行為，而且會躲在樹枝上睡覺。

最後，王二終於得出果鷹有夜盲症的結論，摸清楚這點後，他要求同胞們改變作息，改為晝伏夜出，利用晚上出來覓食，錯開果鷹的覓食時間，勉強活了一段日子。

果鷹的首領知道還有一群松鼠趕不走，開始利用白天攻擊王二及他的同伴，松鼠國潰不成軍，犧牲了許多同伴。王二決定帶著同伴找個地洞躲起來，避開果鷹的攻擊，也和同伴商量起還擊果鷹的對策。

「我們還要拚命嗎？我的爸媽、小弟全都犧牲了，真的還要拚嗎？」有一隻渾身是傷的松鼠哭訴道。

「對啊，我看我們還是投降吧！趕快離開這個地方。」另一隻松鼠也附和著說。

一隻年輕的松鼠反駁說：「不行！我們都和果鷹戰鬥一段時間了，如果現在放棄，就是要放棄我們的家園了。」

王二呼籲大家不要自亂陣腳，他說：「我們來一起想想更好的辦法，能一舉擊潰果鷹的戰略。」

拄著拐杖的長老說：「我已經老了，即將死去，現在如果要離開這裡，實在不甘願。在我死前，希望可以打敗果鷹，讓後代子孫可以安穩的在這裡存活下去。不管需要我做什麼，就算犧牲生命，我也願意。」

此時，大家都沉默了下來，接著啜泣聲此起彼落。

王二苦思無對策，低頭不語，他緩緩的走出洞口，仰望天空烏雲密布。突然間閃光乍現，雷聲轟隆，樹林間窸窣吵雜，只見果鷹全飛出來了，因為受到驚嚇，有些果鷹互撞在一起摔落地面……王二走了好長一段路，偷偷靠近一看，有些果鷹已奄奄一息，這時，他的心裡有譜了。

隔天，王二找了同伴來，指示他們利用三天的時間蒐集松果殼，但不說明原因，只要大家照著做。松鼠群蒐集來的松果殼，全被堆在果鷹聚集樹林處的空地上，王二盤算著時機，打算一舉趕走果鷹。

這天夜裡，烏雲把整座樹林壓得更低了，王二要大家把松果殼分成無數個小堆，眼見夜空中的閃光乍現，發號司令把每個小堆的松果殼點燃後，同伴們點完火後便盡快回到地洞裡，他則躲在附近觀看後續情形。

夜空閃閃，雷聲大作，加上地面松果殼大火竄燒，松果殼經火燒後，發出霹霹啵啵的聲響，像極了鞭炮聲，松果殼毫無目標的到處亂彈，彷彿滿天都是沖天炮般。果鷹群被突如其來的景象嚇到了，一慌張，每隻果鷹從睡夢中驚慌失措的展翅亂飛，有些相撞在一起、有些翅膀著火、有些撞到樹，全都跌落地面。王二暗自竊喜著：松鼠國有救了。

一切平息後，王二摸黑尋找果鷹首領的蹤跡，循著松果殼的餘火灰燼行進，眼前所見，大多數的果鷹跌坐在地面；有些腳扭到了，走起路來一跛一跛的；有些仍奮力拍打著翅膀，但無法順利飛翔。

王二繼續前進，在一棵樹木的後方，聽見痛苦哀號及拍打翅膀的聲音，走近一看，終於找到果鷹首領。果鷹首領狼狽的看著王二，他用翅膀撐著地面，痛苦的站起來，虛弱的說：「我認輸了，隨便你怎麼處置？我不會有任何意見。」

王二堅定的說：「我不會報復，但是你和你的族人必須立刻離開我的國家，而且不得再回來。」

果鷹首領點點頭，有氣無力的回答：「好，沒問題。」

然後，果鷹首領發出幾聲叫聲，叫聲斷斷續續，只見他的族人聞聲紛紛爬起，跟著他慢慢走出這片森林。

王二習慣性的刷刷兩頰，遠望著果鷹離開的蹣跚身影，直到身影越來越模糊，消失在視線的盡頭……

天一亮，躲在地洞裡的松鼠全迫不及待的跑出洞外，觀察昨晚的戰果。王二驕傲的輕刷兩頰，尾巴直挺挺的捲起來，似乎告訴松鼠國的同胞們：我們勝利了。

過了一陣子，王大所帶領的松鼠群聽說果鷹離開了，紛紛向王大請求要回到松鼠國。於是，王大獨自從遙遠的森林那一端出發回松鼠國，打算向王二及其他族人表示希望松鼠國大團圓的訊息。

王二及族人們正舉辦著慶功宴，正笑著開懷，忽見遠處有道熟悉的身影，向他們走過來……仔細看清楚，原來是王大！

王二和族人們一見王大，立刻鴉雀無聲。

「你回來做什麼？」

「滾！滾……」

「當初，你不能與我們共患難，現在回來幹什麼？」

責罵王大的聲音此起彼落，王大只能低著頭不發一語。

王二站上高臺，要求大家肅靜。然後問王大：「請問你有什麼事嗎？」

王大輕聲回答：「我們想要回來，不知道可不可以呢？」

「不可以！」

「想也別想！不可能讓你們回來啦。」

又是一波責罵聲。王二示意大家安靜下來。

拄著拐杖的長老開口了，他說：「過去，我們一起團結對抗果鷹，王大他們雖然選擇離開，但他們終究是我們的族人，也是我們在座很多人的親戚啊！

我們要放下一切不愉快，包容他們。老人家斗膽向大家拜託，讓他們回來吧！讓松鼠國再一次大團圓，拜託大家！」

「王二，你倒說說看。」年輕的松鼠說。

王二刷了刷兩頰：「既然長老都為他們求情了，我想我們就答應吧！我們要更團結才是。」

眾人紛紛表示同意王二的看法，而王大聽到這些話，頭低得不能再低了。

幾天後，王大帶著其他族人們回來了。松鼠國再度大團圓，從此不再有紛爭，過著幸福快樂的日子。

吼吼與喵喵

「怎麼辦？怎麼辦？我到底是獅子？還是貓啊？」

二〇一三年二月三－四日連載於《臺灣時報》

這一波入冬以來最強的寒流剛走，樹木原本渲染著黃綠的葉子，褪去了綠色，僅留下了斑黃，青翠的草地也灑滿了枯黃。小獅子吼吼蜷縮在大樹下，片片樹葉隨風飄落，掉在他瘦弱的身上，他連抖落那幾片落葉的體力都覺得多餘，心想著：也許這棵樹下就是他的墳場了……

吼吼才剛剛斷奶不久，日前跟著媽媽準備遷移到較溫暖的南方森林，而他中途因為顧著追一隻蝴蝶，不顧媽媽的呼喚，追著追著便漸漸聽不到媽媽的聲音。他內心祈求著媽媽會到這兒來找他，但等了無數個黑夜過後，還是沒有媽媽的消息……最後他看開了，只能癱在大樹下等死。不過吼吼還是使勁全身的力氣，再努力把身體縮緊一點，希望能讓身體暖和些。

遠遠的，有個身影從遠處向吼吼走過來，體型看起來小媽媽一號，腳踩落葉沙沙的聲音，搭配耳邊呼嘯而過的風聲，這應該是他聽過最刺耳的聲音了。

大貓咪喵喵瞥了吼吼一眼，嘴角沾了些許的血跡，還不停的用舌頭舔了舔嘴巴周遭，似乎在炫耀自己才剛吃飽。吼吼試著用力發出「嗚嗚」聲，期待對方聽見，也發發好心救他一命。

「喂，小貓咪，怎麼會在這睡啊？我剛才吃了一隻大田鼠，肚子都快撐破了。」大貓咪喵喵大聲說。

「嗚……」吼吼用僅剩的氣力吐出這個字來。

喵喵走近他，大嘴一開叼起他來，這動作就像媽媽一樣，讓他覺得溫暖，內心也暗自慶幸得救了。走一段路後，喵喵叼著吼吼進入一處工寮。

吼吼用力張開眼皮環視四周環境，這裡躺著七、八隻大貓咪，他想應該是喵喵的同伴。剎那間，吼吼被丟在柔軟的稻草堆上，「噗」的一聲，吸引了那群大貓咪全圍了過來。這群大貓咪露出像媽媽捕捉到獵物時的凶狠眼神，讓吼吼不由自主顫抖起來，有的大貓咪舔舔他的身體，有的則挑釁的舔著他的下巴，更有一隻更露出尖爪，踩住他的尾巴，吼吼已經沒有力氣再喊痛了。

「唉！這次就算沒餓死凍死，也會被這群大貓咪整死。」吼吼心想。

「咬他！咬他！」那群大貓咪起鬨著。

吼吼把自己的身體捲得像麻花般，這次，他連發抖的力氣都沒有了，心想死定了。那群大貓咪向他一步步逼近，朦朧的影像感覺更巨大了……就在迎接死亡的那刻，隱約聽到一聲喝斥。

「退後！做什麼？」喵喵大聲嚇退貓群，吼吼猜測他應是這群貓的首領。喵喵接著說：「留下這隻小貓咪，幫我們抓獵物、打掃住家環境，我們就可以好好享受享受，哈……」

在半夢半醒之間，吼吼感覺到他的嘴巴被翻開，也送進了些不知名的食物，他本能的咬了咬再吞嚥，這樣的動作一直重複，直到昏沉沉的睡著。

隔天醒來，他習慣性站了起來，伸了伸懶腰，舔了舔嘴巴，自言自語的說：「啊！我還活著，我有力氣了！」他興奮的邊叫邊跳。

「吵什麼，小貓咪！」喵喵看了他一眼，隨即闔上眼。

其他的貓被騷動驚醒，紛紛站了起來，惡狠狠看著吼吼。

「肚子好餓啊，老大！」有一隻貓對喵喵說。

「吵什麼？我還沒睡飽。」喵喵瞪著那隻貓說。

這個場景，讓吼吼想起小時候吵著媽媽喝奶的樣子，讓他又想起了媽媽，他真希望可以再見到媽媽一面……

「小貓咪，過來！」喵喵大聲喊道。

吼吼低下頭來，慢慢走到喵喵身邊，他不知喵喵要做什麼？而且，為什麼是叫自己「小貓咪」？明明是「獅子」啊！

「怎麼辦？怎麼辦？我到底是獅子？還是貓啊？」吼吼不斷的問自己，他也困惑了。

喵喵伸出爪子，抓抓吼吼的頭，嚴肅的告訴他：「從現在開始，你就是我們的僕人，負責抓田鼠給我們吃，而且要讓我們吃飽。等我們吃飽後，剩下的鼠肉，你才可以吃。知道嗎？」

吼吼低下頭，不敢正面看喵喵和那群貓，不久前的他才剛和媽媽學會抓小麻雀，而大部分的時間都是媽媽抓田鼠分他吃的，田鼠那麼大隻，他怎麼敢抓？想到這裡，他的頭更低了，湧出一陣鼻酸。

「嘿，小貓咪，聽到了沒？我們老大叫你去抓田鼠，趕快，我們肚子好餓！」又有一隻貓大聲催促著。

「快去，還在發什麼呆啊！中午前至少要抓一隻田鼠回來。不然，你就看著辦吧！哈……」喵喵得意的大笑。

吼吼飛也似的跑出工寮，沿著樹林小徑，仔細搜尋田鼠的蹤跡。樹上的麻雀吱吱喳喳，彷彿在笑他不敢抓田鼠；松鼠爬了下來向他做了鬼臉，一溜煙的又跑到樹上去；連蝸牛都擋在他的腳前，不讓他過。

走了好長一段路，離工寮有點遠了，他心想乾脆偷偷逃走吧，又怕那群大貓咪追來，再被抓回去，到時候恐怕就死定了。他甩甩頭不敢再想下去，突然聽到身旁雜草被撥開的聲音，一看過去——「田鼠！大田鼠！」他驚叫。「不要跑，不要跑！」他奮力追了過去。

追了好一陣子，田鼠在一棵大樹下停下來，回頭怒瞪著他，雙方對峙了許久，誰也不願先退讓……田鼠的肚皮上下起伏越來越快了，而吼吼始終鼓不起勇氣撲向田鼠，這時，突然雷聲大作，田鼠趁著閃光四起，躍進路旁的水溝裡。

雷雨開始不停的下，吼吼抓不到田鼠，一方面懊惱，一方面又害怕。很幸運的，有一隻小麻雀掉在路邊，正揮動濕透的翅膀，不停掙扎，他高興的叼住小麻雀，準備回去交差。

一推開工寮的破門，裡頭有的貓坐在稻草堆上打瞌睡，有的在打滾，有的忙著理毛。喵喵從裡面走出來，一見他便大聲吆喝：「田鼠大餐來了！嗯……田鼠呢？」見到吼吼把嘴裡的麻雀放上稻草堆，喵喵的語氣逐漸由興奮轉為憤怒。

餓壞的貓群都氣炸了，圍著他大叫，貓拳如雨下。

吼吼忍著痛、大哭求饒：「不要不要，不要打我……拜託！再給我一次機會！」

貓咪們並未留情，繼續對吼吼拳打腳踢好一陣子，最後的吼吼全身滿是抓痕，強忍著疼痛和委屈，在黑暗中沉沉的睡去。

隔天一早，貓群的怒火難熄，又是一頓毒打，讓吼吼痛苦的哀嚎著。

「停！別打了！」喵喵喝斥貓群住手。

喵喵跳上高臺，對著吼吼警告道：「嘿，小貓咪，再給你一次機會，中午前一定要抓一隻田鼠回來，要不然你就遭殃了！」

吼吼拖著疲憊的身軀離開工寮，邊走邊哭，他真的不敢抓田鼠啊！他心想著，這時候，如果媽媽在身邊那該多好啊。想到這兒他更傷心了，也後悔自己那麼貪玩，才會走失，沒有跟媽媽好好學習抓獵物的技巧。

他努力回想媽媽教的狩獵細節：首先，專注的看著目標，放輕腳步跟蹤獵物，然後慢慢的靠近，趁獵物還沒發現時，快速的撲過去。最後，緊緊抓住獵物，讓獵物動彈不得……

走著走著，吼吼累倒在路旁，上次和他對峙的田鼠，從水溝竄出來，還向他放肆的比了YA的手勢。他僅瞄了田鼠一眼，便闔上眼休息。

附近樹上的麻雀吱吱喳喳，忽然風一吹，就像信號彈引爆般，整群麻雀頓時飛了下來，他們尖銳的鳥喙彷彿一支支疾馳的箭，朝他的身體射過來，啄得他不得不站起來還擊。

有一隻麻雀甚至嘲笑起他：「你只敢抓我的同伴，看吧，田鼠就在你旁邊，你連個屁也不敢放。哈……」說時遲那時快，吼吼的鼻頭被尖嘴啄了一下，痛得在地上打滾。

吼吼幾乎要放棄掙扎了，耳邊隱約響起了媽媽的叮嚀：「孩子，勇敢點，捕捉獵物是你的本能，你必須學會，才能活下來。」媽媽溫柔的話語如同晴天霹靂，敲醒了他。他奮力在空中不停跳躍，想攻擊並抓到那些麻雀，而麻雀飛得快，全讓他趕到樹上去了，再也不敢偷襲他。

搞定了麻雀，吼吼回過頭看向田鼠，田鼠對他吐了吐舌頭，嘲弄著說：「來啊來啊，我才不怕你，哈哈！」

不知哪兒來的力氣，吼吼四隻腳用力蹬地，向田鼠飛撲過去，前腳踩住田鼠的身體，田鼠回過頭露出尖牙要反擊，卻怎麼也咬不到，恨得牙癢癢的……最後掙扎到極限的田鼠，癱軟在吼吼的腳下，吼吼盡情的享用起田鼠大餐，這頓也是他離開媽媽後最豐盛的一餐了。

吼吼邁步向前，他的尾巴直挺挺的，腳步輕盈而自信，一路上遇到的動物都自動迴避，也聽不到麻雀吱吱喳喳的聲音，他終於讓自己成為真正的獅子了。

走著走著，吼吼想起那群大貓，便再折回大貓的工寮。吼吼推開大門，裡頭的喵喵正睡得沉，被突如其來的開門聲吵醒。

喵喵微張開眼瞪著吼吼：「你要幹什麼？田鼠呢？怎麼沒抓田鼠回來！」

其他大貓也起鬨：「對啊對啊……田鼠呢？我們要吃田鼠！」

吼吼大吼一聲，那是獅子的吼聲，大貓們安靜下來了。

喵喵從高臺上跳到吼吼面前，頭頂著頭，大聲叫囂：「怎樣啊？你想怎樣？要咬我們嗎？」

其他大貓笑了起來，瞪大眼盯著吼吼，威脅度十足，而吼吼不再感到害怕。

「你們這群不知死活的大貓，以前我是太虛弱、太膽小，無法與你們對抗。現在，我已經變勇敢了，我是獅子不是小貓，我要向你們宣戰！來吧，看你們是要一隻一隻來，還是要一起上？」

喵喵跳開後，大聲對吼吼說：「你真的是不自量力啊！讓我先來對付你。」

喵喵衝向吼吼，吼吼一閃身，一跨腳，把喵喵的頭踩在地上，喵喵奮力的搖著尾巴，不停掙扎，而吼吼的力道讓他動彈不得。

吼吼大吼一聲，然後高聲說：「其他貓呢？要不要來救救你們的老大？」

其他大貓看見這樣的景象，皆弓起身體、張牙舞爪起來，看起來相當勇猛。大貓們一隻一隻向吼吼衝過來，吼吼臉不紅氣不喘的左右前腳輪流一揮，很快便讓大貓一隻一隻倒地不起。

吼吼大喝：「站起來，再來啊！」

大貓們緩緩爬起身，彼此瞧著彼此，然後，夾著尾巴迅速的溜出工寮大門，獨留他們的老大喵喵。

「請……你饒了我吧！原諒我有眼無珠，過去得罪你的地方請你包涵。我願意接受你的處罰。」喵喵不敢再抵抗，懇求的說。

「哈哈哈……我是未來的森林之王，怎麼會跟你計較呢？我今天踩著你，是要跟你說清楚：我是獅子，你是貓。不會因為我還小，你就可以欺負我。你走吧，我不會為難你的。」吼吼也大器的回應。

吼吼拿開腳後，喵喵便一溜煙的逃出工寮。在這一瞬間，吼吼覺得自己已長大，不再是小獅子了，即便身體沒有像媽媽一樣強壯，但他變得更勇敢、更有自信了。

吼吼緩緩離開工寮，他決定要繼續找媽媽，希望可以與媽媽重逢。

吼吼回到當初走丟的大樹下，靜靜等待，經過三天三夜後，他看見媽媽走近大樹。吼吼開心的跑到媽媽身邊依偎著她，跟著媽媽遷移到溫暖的南方森林……

二腳國

「過去，我國國民失蹤，不就是貴國國民所做的嗎？」

二〇一三年四月十四—十五日連載於《臺灣時報》

很久很久以前，森林裡分成兩個國度，獅子、老虎這類有四隻腳的動物住在「四腳國」，孔雀、五色鳥這類有二隻腳的動物住在「二腳國」。四腳國為了食物，常侵略二腳國，二腳國的國王必須時時刻刻帶著子民逃命，但二腳國也非毫無反擊能力，他們透過偷襲四腳國的孩子，也給四腳國造成一定的壓力。

二腳國的國王每三年會改選一次，不可連任，今年正好是二腳國的選舉年，這屆國王是陸地上跑得最快的鴕鳥，也是二腳國裡最強壯的動物。也因為國王是鴕鳥，足以和獅子、老虎相抗衡，也讓四腳國的動物，比較不敢越雷池一步。

二腳國的動物過了三年比起以前更加和平的日子，也漸漸淡忘了四腳國的威脅。今年的國王選舉，連嬌小的麻雀都來登記成為候選人了，另外還有三個候選人：漂亮的孔雀、慵懶的貓頭鷹、稀有的五色鳥。

四個候選人各有支持者，其中以孔雀的呼聲最高。二腳國的國民也滿意孔雀這種內外兼具的特性，他們總認為孔雀的體格和鴕鳥類似，比鴕鳥俊俏多了，叫聲又甜美，在四個候選人中，應是最適合的國王人選。而選舉的結果，沒有跌破眾人的眼鏡，孔雀順利當選為二腳國的國王。

這時候的四腳國國王是花豹，不論跑步的速度、狩獵的技巧，以及鮮麗的外表，都足以成為國民崇拜的對象。在二腳國國王就職大典上，花豹也派了特使蟾蜍來祝賀孔雀。

花豹是個細心的領導者，之所以挑選蟾蜍，一方面是怕搶了孔雀的風采；另一方面也向二腳國的國民釋出和平的善意，因為蟾蜍不夠強壯，無法構成威脅。當然，沉溺於國家慶典的二腳國，絲毫看不出花豹的心機，更無法發現花豹製造和平的假象。

孔雀就職後幾個月內，陸續開始有大臣回報，許多國民莫名其妙的失蹤：麻雀家族失蹤了好幾十隻，紅鶴家族也不見了好幾隻，連五色鳥的蛋也全被吃光了，只剩下鴕鳥和孔雀家族還沒有傳出失蹤的消息。這樣的壞消息傳遍了國內各角落，引起莫大恐慌，有些國民決定搬離二腳國，搬到離家數百公里外，到另一座安全的森林住，而留下來的，大都是較弱勢的家族。

於是孔雀召集所有的大臣會商，要找出國民失蹤的真相。經過一連串的會議，孔雀決定派出強而有力的鴕鳥鎮守在國境四周，並且日夜輪值。白天，派老鷹在空中巡視；夜晚，則派貓頭鷹躲在樹上監視國境內的一舉一動。孔雀展現決心要保衛二腳國的國民，不讓國民的生命受到絲毫威脅。這樣的措施確實也讓失蹤的案例不再發生，維持了好一段日子的和平。

孔雀就職一年後，四腳國陷入了糧食危機，老虎、獅子、灰狼因為缺乏足夠食物，身形消瘦略帶憔悴。花豹身為國王，不忍見到子民忍受飢餓的痛苦，終於按捺不住情緒，特地求見孔雀，希望可以解決這件事情。

孔雀始終相信國民失蹤與四腳國無關，也許只是搬離他統治的國度而已，因此，對花豹求見一事，倒也爽快的答應了，他甚至誤以為自己比花豹英明多了，至少在解決國民失蹤這件事情，他還不必去求見花豹。

雙方國王一見面，花豹劈頭就說：「我必須讓我的國民溫飽，無法再要求我的國民不侵犯貴國了！」

孔雀心想既然花豹開口了，過去國民失蹤的事件，也一併向花豹提起，孔雀緩緩的說：「過去，我國國民失蹤，不就是貴國國民所做的嗎？你又何必假惺惺，明的說一套，暗地裡又做一套。我告訴你，過去數十年來，我們一直和平相處，但也早就準備好作戰了，完全不怕你們，要戰就來，少廢話！」

花豹聞言，回答：「你都開宗明義的說了，那我就不再客氣，回國以後，我們會馬上準備進攻貴國。」

「那你的意思是向我國宣戰囉？」孔雀緩緩展開尾部亮麗的扇形羽毛，似乎也向花豹宣告：二腳國已準備好應戰了。

孔雀毫不示弱，立即喝令隼鷹群攻擊花豹，花豹寡不敵眾，身上被抓了好幾道傷痕，身上的花紋甚至都被抓花了。花豹飛也似的逃回自己的王宮，實在氣炸了，更難忍被抓傷美麗花紋的屈辱，因此立即召集各部會大臣商討，準備進攻二腳國。

力退花豹一事，孔雀正得意洋洋的向大臣炫耀。

此時，一群麻雀吱吱喳喳的飛進王宮裡，你一言我一語的說著：「四腳國攻進來了！趕快逃命啊——」

孔雀從王座上飛了下來，急忙問：「真的嗎？真的嗎？」

「四腳國的軍隊已經到了城門口，我看到第一排全都是花豹，後幾排有老虎、獅子、灰狼，太恐怖了！」一隻麻雀氣喘吁吁的說。

「可惡的花豹，不是才剛被我的隼鷹群擊退了嗎？真是不知死活。」孔雀這時又開屏了，使勁的怒甩羽屏好幾下。

孔雀立即下令擺開陣式，讓英勇的隼鷹群站在第一排，負責啄掉敵人的雙眼，強有力的鴕鳥負責踢垮被隼鷹群啄傷眼的敵人，禿鷹負責善後。他命令孔雀家族的成員站在隊伍最後面，每一隻都必須開屏，讓陽光照射在羽屏上，用反射的陽光干擾敵人視線。孔雀堅信這樣的陣式，一定可以力退強敵，想著想著便竊笑了起來，他要大家聽見公雞啼叫聲，便立刻開城門應戰。

雄糾糾氣昂昂的公雞站在城門堡壘上方，扯開嗓門大聲啼叫。

「咕——咕——」

城門一打開，隼鷹群立即衝出城門，只見花豹群也衝了進來，隼鷹群面對曾是手下敗將的花豹，毫無畏懼。但說時遲那時快，還來不及啄瞎敵人，隼鷹便被第一排的花豹前腳踩住摺倒；後面的鴕鳥群衝向前去，卻被花豹後方的獅子和老虎狠狠擊倒在地；禿鷹見情勢不對紛紛向後撤退，卻撞倒了原本正準備開屏的孔雀家族——

灰狼繞過雙方激戰的隊伍後方，迅速抓住二腳國的國王孔雀，孔雀嚇得扯開喉嚨大叫，把嗓子都喊啞了，他使勁的開屏想要反抗，卻怎麼也敵不過灰狼強而有力的四隻腳。灰狼更惡狠狠的踩住孔雀國王的尾屏，讓孔雀國王痛得流下淚來，嘴裡喃喃自語：「二腳國滅亡了，要滅亡了！都怪我忽略四腳國的威脅，還以為國民失蹤與四腳國無關，也許只是搬走而已⋯⋯如今，一切都太晚了……」

原先搬離二腳國的國民，早已到數百公里外，另一座安全的森林繼續生活。輾轉聽說二腳國滅亡的消息，他們也相當難過，暗暗慶幸及早逃離，否則恐怕也成為四腳國動物們的食物了。

兩國交戰後，森林裡兩國成為一國，而國王再也輪不到原二腳國的動物了。自此以後，孔雀的叫聲變得沙啞，開屏的時間也變得短暫。而灰狼勇擒孔雀王有功，因此當了好長一段時間的國王。

魔神仔

「衝進去，看看是不是真的有魔神仔？」

二〇一三年九月六－七日連載於《國語日報》

去年暑假，我又來到外公家玩。不過這次，跟往年不太一樣。

外公說：「靠近山腰的古厝裡，晚上會有魔神仔跑出來抓雞吃，如果抓不到雞，就會抓小孩吃。」不僅外公，連外婆還有鄰居的叔公、嬸婆都這樣說。

早知道這麼恐怖，我就留在臺北了……被外公的「魔神仔」說，嚇得我晚上都不敢出去。

外公的家在山腳下，清晨時的庭院一片霧茫茫，像極了電視上神仙出現時的場景。外公和外婆一早就會到山上工作，當然，我也得跟著去，有時候要幫外公鋤鋤果樹下的雜草，有時要幫小水梨套上紙袋。外公說那是梨子的外套，穿著就不會被蟲咬，也不會被鳥吃掉了。

不過，大多數的時間，我會爬上樹抓蟬來玩，幫忙外公果園的工作只算是我的兼差，我最主要的工作是騎著腳踏車和鄰居小孩到處玩耍。有時候，外婆怕我到處亂跑，就硬要我跟他們上山，但我還是喜歡玩，不喜歡去山上。

我猜外公應該是怕我亂跑，才編了「魔神仔」的鬼話騙我。我才不信呢。

什麼年代了，學校老師都要我們不可以迷信，我和同學每個週末都在玩線上遊戲，也沒聽過什麼鬼啊？神啊？只有妖怪和怪物，打死一隻就可以過一關，不然就是可以得到點數和寶物。我從來都沒見過真的鬼或妖怪或怪物長什麼模樣，如果有機會，還真想看看。

暑假中某個星期日午飯後，我約了隔壁的小孩，到聽說住著魔神仔的古厝探險。我們從山腳下沿著小路走，我大概知道位置，但沒有把握，心想反正是白天，魔神仔也不敢出來，我更放心了。

那古厝跟阿公家沒什麼兩樣，低矮的平房，前面也有個小院子，鐵做的大門早已鏽蝕，我們站在門口向屋內看，滿庭院都是雜草，我踮著腳尖，也只能看到屋瓦和門中間的紅磚，難怪魔神仔喜歡住這裡，有很高的隱密性。我拿石頭輕輕敲大門上的鎖，沒想到真讓我敲開了。不過，大門有點卡住的感覺，要我們幾個人奮力才能推開大門。

踏進庭院裡，柔軟的泥巴地，偶爾還會踩到凸出的草根和樹枝。越往裡面移動，越覺得天色昏暗，一股難聞的臭味撲鼻而來，比學校垃圾場的味道還要臭，我們都覺得噁心，有人甚至吐了出來。

我要大家摀住鼻子繼續向前走，蜘蛛絲迎面而來，不小心還會吃到細絲，每跨出一步都覺得沉重，從庭院大門口走到屋子客廳這段路感覺好遠。蚊子嗡嗡聲也不停的在耳邊響，手腳被叮了好幾個包，搔了腳，但來不及搔手，真的好癢，難道魔神仔不怕蚊子嗎？

客廳大門沒有關，探頭向裡面看，牆壁上的神像全都蒙上一層灰塵，眼前都是蜘蛛絲，蜘蛛還被我們的腳步聲嚇得爬到網子最上方。

我們一踏進客廳，便聞到一陣腐臭味，就在客廳大門的旁邊。

「嚇！你看，有死雞！」同行的承佑說，手指向明顯是臭味的來源。

我摀著鼻子，慢慢走近死雞旁：「獨眼雞！是我外婆養的。難怪看起來這麼眼熟。」

「好臭喔！受不了了啦，我們趕快走吧！」同伴們七嘴八舌的說。

我心想：原來魔神仔真的會抓雞來吃，我錯怪外公了。

那隻獨眼雞少了一隻左眼，應該是沒看到魔神仔從左邊過來，所以才會被他抓了過來。還好，我有兩隻眼睛，可以看得很清楚。現在，就算魔神仔跑出來，我也可以很快的躲開。

「走了啦，好可怕喔！這裡又臭又暗，等一下魔神仔跑出來怎麼辦啊？」那群膽小鬼果然想放棄了。

「快跑吧！」我帶著他們往回衝。

這段古厝探險之旅後，好一陣子，我連遠望古厝的勇氣都沒有。直到暑假結束前一個禮拜，聽外婆說隔壁嬸婆家的雞又不見了好幾隻。我知道魔神仔又出現了，可是我不敢說我們去過古厝找魔神仔這件事，怕外婆告訴我媽，我鐵定會被念到臭頭。

村子裡的雞接連失蹤，而且怎麼找都找不到，村長和村民們應該也猜到魔神仔出現了。

就在某個星期六傍晚，村長廣播到他家商量抓魔神仔的事，村長要求大家要帶鋤頭、鐮刀或柴刀。出發前，村長特別叮嚀大人走在前面，小孩跟在後面，這次一定要抓住魔神仔，才不會讓村子裡人心惶惶。

外公很勇敢的走在前排，拿著手電筒引導大家向前走，在夜空下，跟著一群人影，加上蟲聲和腳步聲，我不覺害怕，反而覺得熱鬧。

走了好久，終於到古厝大門前，村長要大家關掉手電筒，放低音量，仔細觀察古厝內動靜。就這樣安靜許久，偶爾會傳來陣陣的雞叫聲，突然間，古厝內出現了亮光，而且會移動！

外公喊著：「鬼火！鬼火！你們看見了嗎？」

一群人紛紛點頭，沒有人敢開口說話，隱約只聽見自己的呼吸聲。

「現在怎麼辦？」外公刻意壓低聲音問村長。

村長小聲的說：「噓！再看一下。」

我們一群人就站在大門口看著鬼火飛來飛去，蚊子也來湊熱鬧，但我們不敢用打的，只敢輕輕的拍，幸運的話就可以拍死蚊子。

外婆拉開嗓門大叫：「村長，衝進去啦，別再等了！」

我們被外婆突來的舉動嚇了一大跳，鬼火似乎也被嚇得熄掉了。

「對啦、對啦……怕什麼！我們這麼多人。」村人開始鼓譟。

大家七嘴八舌的討論著，正反意見都有。

「村長，我們人多，不必怕魔神仔！衝進去，看看是不是真的有魔神仔？」有人提議。

村長這次勇敢多了，他清了清痰，扯開嗓門：「魔神仔！出來投降，我們就饒你一命，給你三分鐘考慮，不然我們就衝進去了！」

村長立刻做任務分配，有批人左手拿手電筒，右手拿鐮刀或柴刀，走在前排；拿鋤頭的人跟在後面；小孩在大門外等待消息。待村長分配好工作，還是不見鬼火重新燃起。

村長走在隊伍前頭，吆喝著：「衝啊！前面拿刀的人負責把長草砍低些，讓後面的人可以順利向前走」。

我站在大門外，不停的搓著手，好緊張，我們這群小孩也幫不上什麼忙。我提議為大人打氣，邊喊著加油邊看大人向裡頭走，到最後沒聽到大人的聲音了，我們還是不停的喊加油。過了一陣子，我看見外公和村長走出來，一群人也跟著他們後面走了出來。

「哪有魔神仔！」外公說。

「臭死了。」外婆也接著說。

村長笑得很開心：「魔神仔被我們嚇跑啦！大家不必怕，從今天開始，村裡就會平靜了。」

大家你一言我一語的分享勝利的喜悅，嬸婆最高興，因為她養的雞被抓了最多隻。村長集合大家準備回家，像極了校外教學老師在喊集合的樣子。

正當我們準備離開的時候……「救命！救我……」遠遠的圍牆邊傳來求救的聲音。

「魔神仔又來了！」嬸婆的聲音有點顫抖。

外婆說：「唉唷！真的有魔神仔喔。」

外公也附和：「看起來真的有喔。」

村長要大家安靜下來，比起「噓」的手勢，輕聲的說：「聲音應該是從院子裡傳出來的，現在有誰願意先進去院子裡查看一下呢？」

村民們面面相覷，沒有人敢回應村長的話。

嬸婆開口提議：「村長，你是我們的村長，當然你要衝第一啊！我們跟在你後面進去。」

「對啦、對啦……村長衝第一啦！」村民又開始鼓譟了。

村長點點頭，快步走過去查看，愣了一下。「快來啊，這裡有一個人！」

我好奇尾隨外公衝過去，看著村長和外公扶起那個人，那個人尖叫了一聲，立刻又倒坐在圍牆邊：「我的腳，我的腳好痛……」一群人圍了過來盯著他看。

嬸婆首先問他：「你是魔神仔喔！你怎麼會在這裡？」

外婆也接著問：「你是誰？你住哪裡？來這裡做什麼？」

接著又好多人問他差不多的問題。他低著頭，雙手抱著右腳，我猜應該是傷了右腳，看他齜牙咧嘴的樣子，就像當初我打躲避球不小心斷了手，痛得我眼淚直流。最後村長背起他，要村人全部回村長家，並趕忙請了醫生來診斷。

醫生診斷後，很幸運的那人腳沒斷，應該只是扭傷了，醫生先幫他打了針，讓他吃了止痛藥，加上冰敷，那個人總算開始有了笑容。

這時外婆忽然劈頭問他：「你是魔神仔嗎？」

只見他收了笑容，頭又低下來。

外婆再追問：「你如果是魔神仔，我們會好好的揍你一頓。」

「說，我的雞是不是你抓的？」嬸婆的聲音還是微顫著。

「你說實話，我們不會為難你的。」村長緩緩開口說話。

我覺得村長真不愧是村長，大人有大量。不像外婆、嬸婆咄咄逼人的樣子，看了就令人害怕。

只見那個人點點頭，娓娓道來他因為丟了工作，身上沒有錢，只好到處流浪，後來好不容易找到古厝這個暫時居住的地方，肚子餓了就摘山上的水果吃。因為太久沒吃肉了，所以就偷了外婆和嬸婆還有其他村人的雞藏在古厝裡，不過沒有好好餵食，有些雞就餓死了，我想外婆養的獨眼雞應該也是。

「那鬼火呢？」外公好奇的問他。

「那是我工作用的頭燈，我在抓雞，走來走去，你們就把燈光當成鬼火了。不好意思，請你們原諒我，給我一個回頭的機會。」那個人帶著哽咽的語氣。

村長清了清痰：「好了，你在我家住一陣子，等腳好了後再離開。大家都回去休息吧。」

透過這件事，我真的覺得村長是個英雄：說話不疾不徐，做事不斷經過冷靜思考後，才果決的行動。等暑假過後回到學校，我也要像村長一樣，當個真英雄！

太祖

「猴囝仔，我不是鬼，我是神！哈……」

二〇一三年十月六日刊於《臺灣時報》

今年寒假，爸媽載我回大甲鄉下陪阿公和阿嬤，說等過完年，再一起和我回臺北。到鄉下的第一天，阿公要我上樓給祖先燒個香，告訴祖先我回來了，保佑我學業進步、身體健康。

我用火柴點燃一炷香，向祖先報告我回來了。看著煙霧裊裊升空，我隱約看到了一個老人，滿頭白髮、長長的白鬍鬚，拄著一根拐杖，就像電視上的神仙般，那老人掛著微笑，向我走來。

我嚇得退後兩步，緊張著問他：「你……你……要做什麼？」

那老人聞言，笑得可開心了：「哈……憨柑仔孫，你不認識我啊。」

我心裡想從沒見過他，幹嘛裝熟呢？努力回想曾經見過的人，不管是親戚或是爸媽的朋友，或是同學的阿公，都沒見過眼前這號人物。老人怎麼會這樣問我呢？當我正想大叫阿公快來救我，那老人開口了：「你剛剛不是拿香拜我嗎？」

「啊！你是我的祖先嗎？」我又後退了兩步。

「哈……你爸爸叫我阿祖，你啊，要叫我太祖。」老人笑得更是開心。

「你是鬼囉，你要幹嘛？我沒有害你喔，不要找我。」我急著說。

「猴囝仔，我不是鬼，我是神！哈……」

我發現我的腳不聽使喚了，不停的發抖，想往樓下衝，卻一點力氣都沒有。怎麼辦呢？使勁想大叫，卻又叫不出聲，這次死定了，真的遇到鬼了。雖然老人說他不是鬼，但我確定他就是鬼。我看電視都這樣演的，這下脫不了身，既然橫豎都是死，是不是要和他拚命了？

「我要叫你太祖喔，那你要幹嘛啦？」我再度鼓起勇氣問。

「我要帶你去玩一玩，到村尾的大安溪去走一走。」

「不要，我不要，等一下阿公和阿嬤找不到我，他們會罵我。」

「怕什麼？我是他們的阿公，走！」太祖強拉我的手，從二樓陽臺飛了出去。

「這麼高，我會怕！放我下來，拜託！」我大聲抗議著。

太祖牽著我，踩在空氣上，我的腳下不見任何東西支撐，我被嚇得渾身發抖，太祖要我別亂動，只要別亂動就不會掉下去。我想這下沒有被嚇死，也會摔死。我哭著求太祖，讓我下去，我真的好害怕……

沒想到，太祖忽然一把抱起我，就像小時候依偎在爸爸的胸前一樣，我慢慢的深呼吸，讓自己稍稍放鬆點，我偷偷向下瞄。阿公的家變得像火柴盒一樣，房子旁邊的稻田好似一個個畫歪的大棋盤。

我深吸了一口氣問：「太祖，你是怎麼死的？」

「哈……囝仔人有耳無嘴，連這個也在問，看在你陪我出來玩的份上，我告訴你。那一年有水災，堤防被大水沖斷，我被大水淹死的。」太祖指了指下面的大安溪，要我看溪邊的堤防。

「啊！那不是死了很多人？」我好奇的問。

「對啊，全村死了一半，有些人逃到火炎山上躲，就沒被淹死。我那時心想應該不會很嚴重，就留下來，沒想到……唉！」太祖收起他原本的笑容。

我心裡OS：太祖真的太笨了，幹嘛不跟著逃命啊。為了證明太祖真的笨，我繼續追問：「太祖，那你為什麼不逃呢？」

「憨柑仔孫，我在大安溪旁種了兩分多地的水稻，就快收成了。我擔心水稻會被大水沖掉，水災那天，我都待在堤防上守著這片田，哪知道雨越下越大，後來稻田被沖掉了，堤防瞬間崩塌，我就被沖走了。」太祖娓娓道來這段被大水沖走的往事。

「太祖，好冷喔，你要帶我去看什麼？」這次我的發抖是因為太冷。

「帶你去看我當年種的水稻，順便看看我被水沖走的地方。」

太祖知道我冷，把我抱得更緊了。可是，靠在他的身上也是涼涼的，我只好祈禱趕快到大安溪，趕快看完，趕快回阿公家吃蘿蔔糕。

「哈……到了，你看，在高速公路下，有一片菅芒草，那兒就是我以前的稻田。」太祖得意的說。

「現在為什麼沒有種水稻了？」我繼續問。

太祖調整一下抱我的角度，也沒忘了調整他那一大撮的白鬍鬚，接著說：「其實，這幾十年來，只要我有空，我都會到這兒來走走，看著你的阿祖和阿公、阿嬤，在這兒耕作。偶爾會遇到颱風把即將收成的水稻吹得東倒西歪，好幾次，大水沖掉稻田的一部分，但是你的阿祖和阿公、阿嬤仍然守護著這片稻田。」

「太祖，那現在為什麼稻田不見了呢？」我好奇的問。

太祖笑得很開心，他回答說：「稻田本來就不是我們的，那是大安溪的高灘地，就像臺北淡水河旁的高灘地，不是也蓋了籃球場、自行車步道嗎？」

「啊！你怎麼會知道淡水河旁的高灘地蓋了籃球場和自行車步道呢？」我真心覺得很驚訝。

「你忘了？我是神仙啊！」太祖噙著微笑點點頭。

「你不是鬼喔？哈……」我笑著反問。

太祖輕拍了我的頭，望著我，也跟著一起笑了。太祖接著說：「十五年前，你應該還沒出生，高速公路的橋墩正在施工，就剛好矗立在稻田中間，政府就把這塊稻田收回去，也就變成現在這個樣子了。」

「那阿祖和阿公、阿嬤不是很傷心，你應該也很傷心吧。」我問。

「沒辦法，稻田原本就是我們向大安溪爭來的，一開始就不是我們家的地啊。就因為這樣，你的爸爸才要到臺北去找工作，不能再留在這裡和阿公種田了。」這次，太祖笑得比較含蓄了。

「喔，原來如此！太祖，我好冷，我想回家了。」

離開稻田後，太祖帶我到大安溪另一邊看花生田，飛在天上看不到花生的模樣。我跟太祖說去年暑假，我和阿嬤來過這兒，花生的果實是長在根部的，阿嬤拔起整株的花生，我負責把花生果實一顆一顆的拔下來，花生葉裡藏有許多紅蜘蛛，趁著我在拔花生果實的空檔，爬到我的脖子和手臂，被爬過的地方會紅腫而且會變得好癢，就像我吃了海鮮後皮膚過敏一樣。可是，阿嬤要我忍耐，不然會越抓越癢。

這條溪在我們村尾，阿嬤家住村頭。我也聽過阿公說過民國四十八年的八七水災，大水淹到村裡來，村人忙著逃命，逃到離村莊十幾公里遠的火炎山上。阿公說的和太祖說的是同一件事，那一年水災，花生田也都被沖走了，水災過後，只剩下大小不一的石頭。

風災過後，阿公、阿嬤和曾祖父，重新回到溪邊的花生田，把田裡的石頭重新堆砌成田埂，多餘的石頭則慢慢搬到溪裡的河床。石頭清光後，再仔細清出一堆雜草和碎石，那些被沖刷掉的沙土，阿公他們就到河床挖乾淨的沙土回填。等回填完畢，家裡的水牛也派上用場；開始犁田整地，犁出一壠壠的沙土堆，然後，重新播下花生種子。花生田的災後復建，大約花了近一個月的時間。

太祖帶我降落在花生田埂上，太祖感嘆說每年的颱風季，花生田裡的沙土多多少少都會被大水沖刷掉，每年都要回填沙土，才能勉強維持花生田的完整。不過，太祖說他學聰明了，只要花生一成熟，必須趕快採收，就可以順利避開颱風季的傷害。

太祖走下田埂，拔了一株花生，看他按了按花生果實，撥開果莢，他吃了一顆，也拿了一顆給我吃，我搖搖頭說：「阿嬤說吃生的花生會肚子痛！」

太祖笑得開懷：「不會啦，很甜很好吃。別怕！」

我慢慢的咀嚼這顆花生果實，不知道是不是太祖說的話影響了我的味覺，真的感覺有甜甜的味道，但是沒有阿嬤炒過的花生好吃，而且也沒那麼香。太祖再拔一顆要我吃，我搖搖頭拒絕了。

太祖接著要我看花生田隔壁的西瓜田，他說溪邊的沙土夾雜的田地，很適合種植花生和西瓜，跟稻田的土不太一樣，花生和西瓜喜歡乾旱排水性強的沙土，稻穀就喜歡含水性的泥土地。原來如此，難怪常聽阿嬤說「水田」，記得自然老師好像也說過，只是我沒有專心的記清楚。

太祖抱著我在天空中飛翔，往下看著高速公路上的車輛，就像我小時候玩的火柴盒小汽車，村莊裡的稻田夾雜著枯黃的稻梗，纖細如牙籤。我們就在天空慢慢的飛、慢慢的下降，回到阿公家的庭院，我們飛進二樓，太祖小心翼翼的放我下來，然後，他像穿了直排輪似的溜向供桌上的祖先牌位，還跟我揮手說再見。

「太祖，再見。」我喃喃自語，也感覺到有人用力的搖著我的身體。

「憨孫仔！憨孫仔！你是怎麼了，夭壽喔，被魔神仔抓去了。」阿嬤熟悉且刺耳的聲音在我耳邊迴盪。

我慢慢起身，扶著桌角站了起來，感覺很冷，頭有點暈。

阿公著急的問：「你是怎麼了，身體不舒服嗎？怎麼在地上睡著了。」

「我和太祖飛到天上，去看高速公路下，你們以前的稻田啊。」我怕阿公罵我，急著向他解釋。

「黑白講，你真的是憨孫仔，亂講話，太祖死好幾十年了，你在做夢啊。」

阿公把我抱進懷裡，就像太祖抱我的感覺一樣，不過阿公的身體是熱的，比太祖抱我的時候舒服多了。不過……

太祖，下次我還要跟你一起飛。我心想。

誰是森林之王

「虎豹聯軍攻進來了，我們怎麼辦？」

二〇一三年十月二十六－二十七日連載於《臺灣時報》

在這座森林裡，四季如春、物種豐富，這兒的動物不必擔心颱風暴雨，更沒有冰雪覆地的困擾。長久以來，獅子、老虎、花豹、野狼……各種肉食性動物是這座森林裡的強勢族群。

草食性的動物大概也只有大象可以和他們抗衡了。凡是肉食性動物聚集的地方，總看不見草食性的動物，連小麻雀都躲得遠遠的，只有大象敢在獅群面前輕鬆大口的吃草，一副安然自在的樣子，羨煞了梅花鹿及小白兔。

獅子族群裡的首領必須先打敗所有獅子，證明自己力氣最大、跑得最快，才有資格成為獅王。歷任的獅王，也就順理成章成為森林裡的大王，因為沒有一個肉食性動物族群有足夠力量可以和獅王爭取森林之王的位置，除非老虎、花豹、野狼等動物能團結起來。可惜，在這森林裡，到目前為止，還沒有發生過這種事。

事實上，野狼族群的數量最多，大約是老虎加花豹總和的三倍，更是獅子的五倍。野狼首領早就看不慣森林之王的位置，為什麼老是由數量最少的獅群搶走？但狼王也清楚得很，比力氣或者比速度根本無法對抗獅子、老虎和花豹，唯一可以抗衡的是數量。

狼群通常會避開獅子、老虎和花豹狩獵的時間，因此只能獵得較差的獵物，數量也少；因為族群數量多，食物又普遍不足，常常發生小狼餓死的情形。多數的野狼媽媽早已議論紛紛，如果狼王能當上森林之王，就有權力主宰食物分配，狼群就不會有挨餓的情形了。

有一天夜晚，野狼村又傳來小狼餓死的不幸消息，狼媽媽們開始在狼王家門前的廣場集結，大家七嘴八舌的要求狼王解決食物不足的問題。狼后出來安撫大家，也告訴所有狼媽媽，狼王從早上就出門了，到離家數十里的樹林裡打獵，到現在還沒回家，狼后要大家再等等，並轉進屋裡，拿出小肉乾分給大家充飢。

當月亮升上天空的正中央，狼媽媽們在廣場繼續等待著，在一片靜寂中，依稀可以聽見急促的腳步聲，遠遠的隱約可見兩顆小燈，正緩緩向廣場方向移動——狼媽媽們知道狼王回來了，這次沒聽見狼王雄壯的嚎叫聲，想必因為嘴裡叼著獵物，才無法發出屬於狼群驕傲的嚎叫聲。

狼王跑進廣場，從嘴裡吐出了一隻小老鼠，讓狼媽媽們都看傻眼。看狼王氣喘吁吁的樣子，狼后忍不住酸了他幾句：「跑那麼遠就抓了這隻小老鼠啊，讓我塞牙縫都不夠。」

狼王大嘆了一口氣：「抓不到大的獵物，全被獅子、老虎和花豹抓光了，我剛到獅子、老虎和花豹的村莊口，就被趕出來了。根本沒機會抓到大一點的獵物。」

剛餓死小狼的狼媽媽痛哭流涕出聲：「狼王啊，我們被欺負很久了呀，枉費我們是森林裡數量最多的族群，卻被數量最少的獅子統治好幾代，還要被老虎和花豹趕來趕去。」

三天前，同樣也餓死狼孩子的另一個狼媽媽哽咽著開口：「狼王，我們要團結起來，不僅對抗獅子，也要讓老虎和花豹知道我們的厲害，我們這一代挨餓就算了，要為下一代爭取充足的食物啊。」

狼王用前腳撥了撥已經昏迷的小老鼠，仰天長嘯，頓時，狼媽媽們全安靜了下來。

狼后輕步走向狼王，毫不客氣的告訴他：「你在這裡鬼叫有什麼用？有種去獅子、老虎和花豹面前大叫，要求他們讓出一部分的獵物給我們。不然，我們的孩子會不斷餓死，總有一天，我們的族群會越來越少，逼得我們離開這裡，你啊，對得起祖先嗎？」

狼王低下頭來回踱步，廣場上所有的狼群皆靜默不語，空氣沉甸甸的，令人呼吸困難。

「戰還是和？是戰？是和？」狼王自言自語的說著。

狼王一轉身迅速的躍上高臺：「明天晚上，請所有同胞到這裡來，我們一起決定到底是要戰或要和，現在大家回去休息吧。」

隔天，太陽才剛下山，廣場便聚集了狼群，大家扶老攜幼的到廣場中集合，不過，大部分的野狼因為吃不飽而步履蹣跚。大家七嘴八舌的猜測起，狼王究竟會決定主戰還是主和？光是狼群主戰派與主和派就壁壘分明，主戰派不斷強調長期被欺負的怨氣；主和派則強調有滅族或被驅逐出這片森林的危機。不過，大家有一個共識：只要狼王做了決定，必定全力支持。

夜悄悄來臨了，狼王打開家門，依舊維持他王者的風範，抬頭挺胸大步邁開的走向狼群，狼后跟著他後面進廣場。狼王展現敏捷的身手，縱身一躍，先跳上一棵大榕樹，再奮力一躍有如跳水般的優美動作，落到高臺上，大聲向狼群說：「同胞們！這段時間大家辛苦了，我知道不論戰或和，都會讓我們付出很大的代價，身為領導人，我有責任帶大家走出困境。」

狼后不等狼王說完，就搶話說：「戰就戰，和就和，說那麼多廢話幹嘛！」

「好吧！我決定了！」狼王很堅定的吐出這幾個字來。

在場的狼群屏息以待，大多猜測狼王已確定要向獅王宣戰，奪回森林之王的寶座。

「到底是怎樣呢？快點說！」狼后耐不住性子。

「為了狼群能永續綿延，我們要忍耐！省吃儉用，所有的食物給孩子先吃，孩子吃飽了，我們大人再吃，記得祖先說過『忍一時風平浪靜；退一步海闊天空。』」狼王終於掀出底牌了。

「啊……」狼后和主戰派的狼群異口同聲，掩不了失望。

「對啦對啦，我們打不過獅群的，忍耐點，就可以長命百歲了。」主和派的狼群欣慰的說著。

王宮裡，獅王過得並不安穩，他知道長期以來，老虎、花豹和野狼都有野心竄王位，也認真分析過各族群的威脅：首先要安撫的是虎王，因為放眼森林，只有老虎群的勢力足以威脅獅群；豹群一直都不團結，連打獵都是單打獨鬥；狼群雖然團結，卻少了一個強有力的狼王。至於，體型最大的草食動物象群，他也知道象王抱持「人不犯我，我不犯人」的保守心態，重要的是，獅、虎、豹、狼從來不曾以大象為食物的來源。

另一方面，虎王確實正虎視眈眈的想成為森林之王。當得知狼王放棄爭權後，便轉而尋找豹王結為聯盟，不過豹王也非省油的燈，他清楚的很：虎豹結合，獅王必敗；至於狼群，他根本不放在眼裡。豹王也想過過森林之王的癮，他和虎王有共同的目標，就是拉下獅王，奪下森林之王的寶座。

當狼王決定不與獅王交戰後的隔幾天，虎王已私下找了豹王協商，也談好了條件，森林之王輪流當，但要團結一致向獅王宣戰，等奪取森林之王寶座後，虎王先擔任森林之王一年，再與豹王輪流。虎王盤算著，只要虎豹兩族群團結共榮，定能徹底斷絕獅王盤據森林之王寶座多年的結果。

這場森林大戰無可避免。

中秋之夜，月光灑落森林每個角落，更把王宮照耀得閃閃發亮。獅王正享受著團圓的喜悅，看著王宮璀璨的建築與設施，歷代祖先統治森林未曾間斷，也讓獅群雄傲森林，享盡榮華富貴。正當獅王沉浸美好的思緒時，負責警衛的獅子兵，快速衝來跟前：「報告獅王，虎王和豹王率領各自族群，在城門前叫囂。」

「數量多少？」獅王淡定的問。

「不清楚，但從城牆上向遠處眺望，看不見盡頭。」獅子兵回答。

獅王從王位上跳了起來：「什麼？看不見盡頭，那到底有多少？軍師呢，找軍師來！」

軍師一派輕鬆的走近獅王面前，打了個哈欠：「報告獅王，什麼事啊？」

「虎豹聯軍攻進來了，我們怎麼辦？」獅王有點緊張。

「什麼！好大的膽子，虎王和豹王竟敢向天借膽，跑到我們面前放肆！沒關係，先找幾頭年輕力壯的公獅去會會他們。」軍師一點也不驚慌。

過了一會兒，那幾頭年輕力壯的公獅，拖著沉重的腳步返回王宮，土黃色的皮膚上繡滿紅色的齒痕，看樣子是打敗仗了。

軍師見此狀，衝出城門外，大喊：「虎王、豹王，不要造次！有什麼事坐下來談，請兩位到王宮裡來。」

「我們又不是笨蛋，進了王宮，萬一被你們俘虜了，不就壞了我們的大事？叫獅王出城門談，以免犧牲無辜的生命。」虎王和豹王異口同聲的說。

軍師轉頭向王宮奔去，大約過了一小時，獅王和軍師重開城門，走向虎王和豹王。

「你們想要怎樣？」獅王毫不客氣的問。

「沒要怎樣，我們想當森林之王，你下臺吧！」虎王開口說。

獅王嘶吼一聲：「哼！憑什麼？」

「請你看看我們的後面，虎群和豹群加起來，光是吐口水就把你淹死了，這樣，夠不夠資格叫你下臺啊！哈……」豹王笑得更肆無忌憚了。

軍師把獅王拉到一旁，說了好久的悄悄話，大概是勸說著要獅王識時務為俊傑之類的話，只見獅王時而表情凝重，時而搖頭晃腦。磨蹭了好一段時間，軍師結束交談，走近虎王和豹王：「獅王同意下臺，但獅王要我問你們，可不可以建立森林之王輪流當的制度？」

虎王和豹王也到一旁去，竊竊私語起來，一會兒搖頭，一會兒點頭微笑。

軍師見狀，不疾不徐的湊了過去，劈頭便說：「兩位大王，我想獅王已做出最大的讓步了，願意和兩位輪流當森林之王，如果雙方互不退讓，必會造成死傷無數，相信大家都不樂見啊。」

虎王向豹王使了眼色：「好，我們答應獅王的要求，但是輪流的順序由我開始，接著是豹王，最後才是獅王。」

軍師勉強擠出一點笑容，接著說：「謝謝兩位大王成全，我會轉告獅王的。」

「告訴你家獅王，限他一星期內搬出王宮！」豹王得意洋洋的說。

一星期後，獅王搬出王宮，虎王正式入住，成為新的森林之王。

豹王也興奮等著一年後，換他登基稱王。

獅王搬出王宮後，心有不甘，坐了好久的王位，竟然被虎、豹聯手篡位。這時他靈光一閃，想到找狼王合作，因為狼群數量約是老虎和花豹總和的三倍，更是獅子的五倍。如果狼王願意同盟，相信很快就可以奪回森林之王的寶座。

這些日子，狼王也為了狼群食物短缺的問題傷透腦筋，他也聽說獅王被篡位了，目前是虎王稱王的消息。

有一天黃昏，獅王在草叢中找到狼王，簡單寒暄後，獅王開門見山就說：「狼王，你應該知道我被逼得退位了。那你有聽說虎王和豹王每年輪流當森林之王的協議嗎？」

狼王確實不知道虎王和豹王輪流當森林之王的協議，但他僅是冷淡的搖搖頭。畢竟狼王被獅王壓制好長一段時間，心裡很不是滋味，對獅王懷有一分敵意。

獅王接著說：「我們來結盟吧！一起把虎豹聯軍打垮。」

狼王冷冷的看著獅王，然後說：「我哪有這個能力？狼群個個吃不飽，有氣無力的，如何戰鬥？」

獅王很乾脆，允諾會提供三個月充分的食物給狼群，等狼群養精蓄銳，再一起協力對抗虎豹聯軍。狼王聽到獅王的保證，毫不猶豫答應獅狼結盟的提議。

很快的，三個月過去了。獅王找狼王商量擊垮虎豹聯軍的計畫。

獅王首先開口：「你們狼群數量多，請你先分配好四隻狼對付一隻虎或一隻豹，以四比一的優勢纏鬥虎豹聯軍！你覺得呢？」

「我們數量最多是虎豹族群的三倍，如何分配四比一呢？你們呢？你們如何分配？」狼王反問。

獅王點點頭說：「你問得真好！你們分配四比一，剩下的就讓我們獅群一對一和虎豹單挑吧，甚至有可能分配到二比一喔。這樣，我們同盟必將勝利。」

狼王點點頭表示同意，他瞬間靈光一閃，問獅王：「等我們成功後，森林之王的寶座是不是也輪流坐呢？」

獅王暗地心想，先答應狼王，等奪得森林之王後再說。於是他嘆了口氣：「狼王啊！我們一起打天下，當然要一起享受啊。沒問題，森林之王我們輪流當。」

獅狼決定同盟後，獅王與狼王決定在虎王登基滿週年，趁虎王和豹王交接的國宴中動手。

交接國宴在夜裡舉辦，王宮傳來陣陣笑聲。獅狼大軍在王宮外布置好進攻陣勢，就等獅王和狼王下令。當慶祝豹王登基的煙火一施放，獅王和狼王一聲令下，獅群和狼群依照分配的數量衝進王宮，王宮內的虎豹群，被突如其來的攻擊，嚇得不知所措。經過大約一小時的戰鬥，獅狼聯軍大敗虎豹聯軍，國宴被迫中止。

戰後，狼王找獅王協調輪流擔任森林之王的計畫。

狼王不客氣的單刀直入：「森林之王由我先當。」

獅王一臉不屑的問：「憑什麼？」

「哈哈哈……就憑狼群的數量是獅群的五倍，怎麼樣啊？你不服氣嗎？」狼王得意的大笑。

「可惡，你竟然如此對我！」獅王氣得牙癢癢的，但又不得不低頭。畢竟，狼王說的是事實，狼群協助獅王奪回王位也是事實。

從此以後，森林之王就由狼王和獅王輪流擔任，一直到現在。

少年野球火

「趕快把眼淚擦乾，別讓對手看到我們提前認輸！」

二〇一四年一月二十八—二十九日連載於《國語日報》

這場冠軍決賽，是我練球兩年多來最重要的一場，也是國小畢業前再度為校爭光的機會，只要贏了，就可以挺進全國賽，證明我們是一支強隊，即便大部分的隊員是五年級，仍可和其他學校大都是六年級球員組成的球隊相抗衡。教練不斷的告訴我，當一個稱職的捕手，要能夠精準的指引投手配球，指揮全場，凝聚全隊的向心力。

爭冠軍的那一天清晨下了點雨，球場紅土有點積水，這樣的天氣，最適合打棒球了，我們也早已習慣在雨天奮戰。熱身完畢後，休息室一片安靜，沒有人願意先打破沉默，我忍不住地大聲喊：「我要拿冠軍盃，好不好？」隊友看了看我，有人面無表情，有人苦笑了一下，甚至有人口中念念有詞。此時，我也有些尷尬。但是，我內心真的很渴望拿到這座冠軍盃。我鼓起勇氣再一次吶喊：「給我冠軍盃，好不好？」

「好！」全隊靜默了一會兒，異口同聲的回答。

「加油！把冠軍盃帶回學校。」簡子騏也大聲的呼應。

「對，大家加油！」何恆佑附和著說。

「加油，別緊張！」林承緯也高聲的大喊。

大家七嘴八舌的自言自語，彼此提醒。

教練宣布先發名單，喊到名字的隊員要大聲的喊「有」，其他的隊員更要齊聲的高喊「加油」。教練只淡淡的表示，我們的對手是去年的冠軍，也是全國第五名的球隊，想打全國賽，必須先過今天這一關，要把平常練習的技術好好的表現。雖然對手身材比我們好，但是我們腳程快，守備較穩定，也許打擊力道可能差了些，每個人要更專心，全力以赴，輸贏不重要，要盡情享受得來不易的冠軍決賽。

比賽開始，我們先守，先發投手是隔壁班同學黃冠瑋，他也是六年級，我們投捕搭檔了近兩年。一局上，我要他看著我的手套投過來就對了，他也真的很厲害，每一球都很準確的投進我擺手套的位置。這一局，他讓對手三上三下，表現虎虎生風，可惜一局下，我們無法打回超前分。

二局上，黃冠瑋出現小亂流，一人出局後，遭對手打出三壘安打，下一棒打出穿越一、二壘間強勁滾地球，三壘跑壘員冒然搶進本壘，右外野手王顥澤接球後，展現雷射肩身手長傳本壘，我接到球後，把對方跑壘員觸殺。接下來，我要黃冠緯把球壓低，果然讓對方打出投手前滾地球，他往本壘方向衝，撿到球後快傳一壘完成刺殺，化解了這半局的失分危機。

經過兩局激戰，教練在攻守交換時，再次叮嚀我們，對方投手控球很精準，要特別注意變化球，教練也要我們上了打擊區要以上壘為目標，仔細選球，看到喜歡的球再打，設定直球作攻擊，會比較容易打出安打。

三局下，二出局後，輪到我打擊，我心裡只想著上壘，一直等到二好三壞滿球數，我注意看著投手出手的一霎那，果然是直球，正準備攻擊時，球便打中我的屁股，我痛得蹲了下來，教練跑了過來，拿冷凍劑直往我中球的位置噴。我忍痛上了一壘，教練回到三壘邊線，我看了看教練的暗號，「啊！盜壘戰術。」

教練竟要我盜壘，我的腳程不快，有辦法成功盜上二壘嗎？我自己都懷疑。沒辦法，教練都下達盜壘戰術了，只好硬著頭皮跑了，我離開一壘壘包安全的距離，緊盯著投手，我知道要抓變化球盜壘，時間才充裕。

投手一出手，我就知道是變化球，忙拔腿狂奔，這應該是我從小到現在跑最快的一次了，眼見二壘就在前面，我順勢的滑壘，捕手的球也正好傳到二壘手的手套，我聽到裁判大聲的喊：「safe！」我竊笑了一下，也示意裁判要整理服裝，我把腳底的爛泥巴仔細的踢乾淨，重新站回二壘。

下一棒是何恆佑打擊，等了兩顆好球後，我仔細看教練的暗號，糟糕了！又要我盜壘，我心想剛剛才使盡吃奶的力氣，現在又要盜三壘，我真的是沒把握。我心想；跟投手拚了，當投手投出第三顆球，我也向三壘衝，結果衝到一半，我偷瞄到捕手已經把球往三壘傳了，心想這下穩被觸殺在三壘前，悶著頭再向前衝——

出乎意料之外，三壘手漏接，球掉到三壘後面，我趕忙滑進三壘，盜壘成功，來到得分大門口！

投手投出第四顆球，何恆佑大棒一揮，我聽到「鏘」的一聲，頭也不回的向本壘衝，沒想到球滾至全壘打牆邊，三壘安打。早知道就慢慢跑，害我跑得氣喘吁吁的。我們先馳得點，暫以一比零領先，可惜後繼無力，留下三壘殘壘。

第四及第五局，兩隊都無法再得分，不過，我們仍暫時以一比零領先。

六局上，也是對方進攻的最後半局了，我們只要守住，就可以抱回冠軍盃了。黃冠瑋投球數已滿八十五球，依賽制規定，必須強制換投，教練換上第二任投手五年級的曾旨億，但壓不住對方攻勢，先保送再加一壘安打，一、二壘有人，此時無人出局，教練見狀喊暫停，鼓勵他大膽投球。

暫停過後，曾旨億先讓對方打出高飛球，順利被接殺解決一人次，我再度要求他把球壓低，但他面對下一個打擊者投出第一顆球卻偏高，對手立即發動雙盜壘戰術成功，二、三壘有人，接著連續暴投，奉送對手二分，二比一遭逆轉，我心想煮熟的鴨子飛了。教練再次喊暫停，換也是五年級的第三任投手林子崴，讓對手連續打出不營養的高飛球，被游擊手和一壘手接殺，結束這半局。

攻守交換時，休息區氣氛低迷，有人已經偷偷的流淚了，教練集合大家告訴我們：「球賽還沒結束，我們還有機會，剛剛流淚的人，趕快把眼淚擦乾，別讓對手看到我們提前認輸！」

其實，我本來不想哭的，被教練這麼一說，我反而有點鼻酸了，我大聲的喊：「加油！我要拿冠軍！」沒想到全隊竟跟著我喊。場邊的家長也跟著我喊，我瞄到對方投手練投時，嘴角稍稍上揚。

六局下，輪到我們的開路先鋒也是短跑健將簡子騏，抓準第一球攻擊，打出強勁滾地球，球經過一壘壘包彈跳後，加速滾向全壘打牆邊，一壘審弓身，食指朝向場內一比，簡子騏拔腿狂奔，這支沿著一壘邊線的「車布邊」安打，跑出一支場內全壘打，二比二追平比數！

休息區和家長席傳出歡呼聲。

此時，對手教練提出抗議此球為界外球，主審召開裁判會議確認為界內球，比賽因而延誤數分鐘。

追平比數後，我們持續攻擊，隊友靠觸身球保送加犧牲短打及投手暴投，在二人出局後，來到三壘得分大門口，可惜接下來的打擊者遭三振，留下三壘殘壘，錯失向對方說再見的奪冠契機。

打完六局正規賽，依競賽規則需打延長賽PK驟死賽，七局上，對手攻佔滿壘無人出局開始比賽，靠隊友失誤加上安打，一口氣得四分，暫以六比二領先。我偷瞄到林子崴一下場進休息區後就開始哭了，我知道他很自責，沒能守住平手的局勢。

七局下，輪到我們攻佔滿壘無人出局，吹起反攻的號角，兩支安打加一次保送，追到六比五落後一分，此時依舊無人出局滿壘，輪到第四棒林承緯，二好三壞，大棒一掃，越過二壘手上空防區，三壘跑壘員輕鬆回本壘得分，追平比數。

此時，中外野手接球時又落了一下，原二壘跑上三壘的跑壘員見機不可失，拔腿狂奔，滑進本壘，中外野手奮力傳球，一個彈跳進捕手手套，但觸殺不及，七比六逆轉勝！

隊友全都衝上投手丘慶祝，家長席陣陣歡呼，鼓譟聲此起彼落：「我們贏了！我們得冠軍！」

兩隊相互敬禮後，教練集合大家，用沙啞的聲音說：「我們辦到了，恭喜大家！全國賽加油！」教練也清了清喉嚨，我看到教練的眼睛紅紅的，也看到校長站在教練後面。

教練說要請校長來和我們說說話，只見校長趕忙拿出手帕擦了擦臉，他一開口，聲音是岔開的，讓我竊笑了一聲。校長接著說：「剛剛球場上的沙吹進眼睛，所以流了些眼淚，眼睛也紅紅的。」

我心想，哭就哭嘛，哪有這麼多藉口，教練還說比賽輸贏不重要，那他為什麼喊到聲音沙啞呢？眼睛為何紅紅的呢？校長也很奇怪，明明就是喜極而泣，還要掩飾自己的情緒。我真的想不透，他們「男人」真的是有淚不輕彈嗎？

校長接著又說：「謝謝你們，讓我有機會欣賞到一場精采的比賽，尤其是困難度相當高的逆轉勝。」校長講完話後，我們趕快整理好裝備上車，一路上，滿車的笑聲，差點兒震破了車窗。

後記：本篇為二〇一三年三月十九日，作者時任新北市三重區興穀國小校長，率少棒隊與新北市汐止國小，爭奪新北市軟式少棒冠軍賽歷程。

孔雀與火雞

「你真的想像我一樣擁有亮麗的羽毛？」

二〇一四年三月二十三－二十四日連載於《臺灣時報》

火雞鎮上，一群火雞正熱烈的討論著竹林裡的雞母蟲正肥嫩好吃。生活在這裡的火雞早練就一身找尋雞母蟲的好本事，抓到的雞母蟲，大火雞會先飽餐一頓，再想辦法帶回去給自己孩子吃。小火雞們也在等待食物的同時，會自個兒找同伴玩遊戲，打發等待的時間，也利用遊戲忘記飢餓感。

鄰近的孔雀鎮，由於當地農人撒了農藥，毒死了雞母蟲，很難找到新鮮的雞母蟲吃。許多孔雀因為吃了含有農藥的雞母蟲，開始上吐下瀉，甚至連身上鮮豔的羽毛都逐漸掉光了。

有些公孔雀尾巴的毛掉光了，再也無法開屏，跳起求偶舞。母孔雀更因為掉了毛，失去了往日的美貌，更無法散發魅力吸引公孔雀的追求。這些狀況，讓孔雀鎮結婚的旺季變得出奇平淡。

孔雀的鎮長因為沒有吃到含有農藥的雞母蟲，身上的羽毛亮麗依舊，頭上雄糾糾的雀冠還能迎風搖曳，他開始察覺到他的子民不敢結婚的嚴重性，絕對會造成滅族危機；他心裡也很清楚，乾淨食物的來源若不早日解決，肯定會讓孔雀鎮陷入恐慌。

有一天，他召集了所有的孔雀鎮民，大聲的勸說鎮民：「如果你們再不結婚，有可能會讓我們滅族啊！拜託你們了，為了孔雀族，趕快結婚，趕快繁衍下一代！」

這時，孔雀鎮前鎮長說話了：「我們都吃不到乾淨的食物了，連身上漂亮的羽毛都快掉光了，很快的冬天又要來了，如果我們沒餓死，也會凍死。這種時候，誰還有結婚的念頭啊？」

「鎮長，你要趕快尋找乾淨的食物給大家吃，不然我們真的會滅族啊！」居民開始起鬨。

鎮長也被居民激怒了：「好……那你們說我該怎麼做？」

「你要去火雞鎮找肥美的雞母蟲來給我們吃。你看，我的毛都快掉光了。」開口的是鎮長的國小同學，身上稀疏的羽毛，不再像一隻漂亮的孔雀，還好有「啊嗷……啊嗷……」如貓叫的聲音，可以證明自己是一隻孔雀。

孔雀鎮長聽完，卻是頭也不回的飛走，留下一群錯愕的鎮民。

隔天，孔雀鎮長飛到火雞鎮，見到火雞鎮長，開口便說：「火雞大哥，你可知道我們的祖先都是同一種鳥類？只是後來，你們的祖先吃了雞母蟲後，羽毛的顏色開始蛻變成灰黑色，叫聲也改變了，連臉上的特徵也變了，唯一不變的是你們跟我們一樣都會開屏。」

火雞鎮長一臉狐疑的向孔雀鎮長說：「我倒是沒聽過這種事情。不過，你說的有點道理，我們的確都會開屏。那你們吃什麼？怎麼會擁有亮麗的羽毛？」

孔雀鎮長來回踱步故作懸疑，偶爾仰頭望天，偶爾低頭思索。

「你真的想像我一樣擁有亮麗的羽毛？」賣關子差不多，孔雀鎮長回頭問。

「那當然！我希望擁有彩色的羽毛啊！」火雞鎮長笑得有點靦腆。

孔雀鎮長嗯嗯啊啊的許久，吊足了火雞鎮長的胃口。

「這是我們祖先的祕密，我必須保守，不然就不配做鎮長。」孔雀鎮長點點頭。

這時，火雞鎮長端上一盤新鮮的雞母蟲招待孔雀鎮長。

孔雀鎮長直搖頭，然後帶著嘲弄的語氣說：「原來，你們都吃這個啊，難怪羽毛會變成灰黑色，臉上也長滿紅色的肉瘤。」

火雞鎮長向後退了幾步，急著問：「這是最肥美的蟲啊，難道你們不吃嗎？」

孔雀鎮長不疾不徐的說：「吃啊，但是我們吃的雞母蟲是有經過殺菌的。你看，雞母蟲躲在地底下這麼久，身上會吸附多少細菌啊，你們吃了沒有經過殺菌的雞母蟲，毒素在體內累積久了，當然無法長出彩色的羽毛啊！」

「原來如此！」火雞鎮長恍然大悟，隨即又略有質疑的說：「你該不會騙我吧？」

「怎麼會！你忘了，我們有共同的祖先，我們曾是一家人啊。」孔雀鎮長笑得可開心了。

為了要讓火雞鎮的居民，都能夠長出像孔雀彩色的羽毛，火雞鎮長試著拜託孔雀鎮長：「孔雀大哥，我們來交換居住的地方好不好？我和鎮民們也想吃殺過菌的雞母蟲。」

孔雀鎮長開屏了，鮮豔的羽毛在陽光的照射下，更顯得亮麗。

「火雞大哥，你確實是個好鎮長，過些日子，你開屏的時候就會像我一樣了，你灰黑色的羽毛就會全部變成彩色的，到時候，你一定是世界上最漂亮的大鳥。」孔雀鎮長開心的說。

「好，火雞大哥，那我們訂定兄弟盟約，三天後的中午，我們交換居住的地方。」孔雀鎮長的語氣堅定。

火雞鎮長把那一盤還不停蠕動的雞母蟲全丟在地上，等孔雀鎮長回去後，立刻召集所有的鎮民，說明和孔雀鎮民交換居住地的事，以及吃了殺過菌的雞母蟲後，羽毛也會順利變成彩色的祕密。

孔雀鎮長回到鎮上後，也召集所有的鎮民說明交換居住地的事。為了怕火雞發現孔雀鎮居民的羽毛不斷掉落這件事，他刻意要求所有的鎮民繞到離火雞鎮十公里遠的麻雀鎮，再依和火雞鎮長約定的時間進入火雞鎮。

交換居住地的一個月後，冬天也接近了，孔雀們吃得營養，都恢復了豐盈而鮮豔的羽毛。而火雞們灰黑色的羽毛則都掉光了，身體光禿禿的，冷得直打哆嗦，但他們還在期待，總有一天會長出鮮豔彩色的羽毛來……

很快的冬天過去了，原來躲在孔雀鎮地底下的雞母蟲，躲過農藥的毒害，紛紛到地面上活動。於是，與孔雀鎮民交換居住地的火雞鎮民重新擁有豐沛的食物。漸漸的，火雞鎮民又恢復往日豐腴的面貌。

原本在孔雀鎮耕種的農民，因為長期使用農藥，土地漸漸貧瘠。為了增加農產品產量，必須遷移到另一處肥沃的土地，也就是火雞鎮。農民開始在火雞鎮的土地上噴灑農藥，使得火雞鎮的雞母蟲受到汙染，而居住在這裡的孔雀族群，再次吃到了受汙染的雞母蟲，羽毛紛紛脫落而且上吐下瀉。

面對再一次的災情，孔雀鎮長想要故技重施，回過頭找火雞鎮長，騙他再次交換居住地，卻被早已弄清前因後果的火雞鎮長一口回絕。

可憐的孔雀鎮民找不到新鮮食物吃，憤怒的要求孔雀鎮長下臺。孔雀鎮長無法承受鎮民的壓力，整日抑鬱寡歡，最終老死在自己的家裡。

逆轉勝

「你是王牌投手，如果連你都壓不住，那我們真的要輸了喔，加油！」

二〇一四年九月二十一—二十二日連載於《臺灣時報》

我永遠忘不了這一場比賽，那是我參加各種棒球比賽，分數落後最多的一場逆轉勝。今年暑假，我們新北市少棒隊勇奪美國小馬聯盟臺灣代表權，遠赴韓國首爾，參加亞太區選拔賽，獲得冠軍的隊伍，才可以到美國參加世界賽。

從國內賽開始，我們通常都以相當大的比分差距，提前讓對手結束比賽，那時候，報紙都說我們是冠軍大熱門的隊伍。記得第一場比賽，對上的是南部的隊伍，一開賽就以零比一落後，每個人都很緊張，輪到我打擊時已經兩人出局，教練特別叮嚀我看到喜歡的球就揮棒，不要站著被三振。我站上打擊區，不由自主的發出「ㄏㄣ」的聲音，主審高舉雙手，比賽暫停，把教練叫了過去，說了一些話。我知道主審誤會了，他應該聽錯了，誤以為我罵髒話，其實，我只是無法控制自己，會不斷的發出聲音。

站在打擊區不斷發出「ㄏㄣ」聲，主審應該聽懂教練的解釋了，沒讓比賽暫停，我眼睛的餘光偷瞄到捕手頻頻回頭看著主審，也似乎聽到捕手跟主審說我罵髒話。我已經習慣這樣的場景了，退出打擊區，看著教練的暗號指示，已經兩好球沒有壞球了，教練要我把好球帶放寬點，喜歡的球就揮棒。

我甩甩頭後，再站上打擊區，盯住投手，一出手就知道是偏高的直球，我用力一揮，拔腿跑向一壘，看見球越過游擊手上方，滾到左外野。衝向一壘時，又不由自主的發出「ㄉㄚ」聲，左外野手撿到球後，很快的傳向一壘手，一壘手被我的喊聲嚇得漏接，我趕緊衝向二壘。

站在一壘指導區的對手教練，立刻向一壘審抗議，一壘審也高舉雙手，暫停比賽，我在整理身上的沙土時，主審從本壘板慢慢的走向一壘，兩個裁判交頭接耳後，轉向對手的教練說了些話，比賽就又繼續進行了。

經過第一場比賽，所有的裁判都認識我了，也知道我會不由自主的發出聲音。往後的比賽，從兩隊互相敬禮開始，只見主審都會向對手教練咬咬耳根，我當然知道是在說我的情形。其實，我早就知道爸爸已經去拿了醫生證明，證明我會不由自主的發出聲音，因此我是很淡定的。拿到全國冠軍後，爸爸還特地跑了一趟醫院，拿了一張英文的醫生證明，以免到韓國後，又被裁判誤會了。

到韓國後，分組預賽跟國內賽一樣，都是提前讓對手結束比賽。一直到四強賽，對上日本隊，一開賽也打得綁手綁腳，我們也知道日本隊很強，守備很穩定，但我們也知道打贏日本，才有機會晉級冠軍賽。教練也不斷鼓勵我們，就當打國內賽，放輕鬆，相信自己，也相信隊友。最後，我們還是以相當大的比分打敗日本，也增加我們奪冠的信心。

打贏日本後，隔天的冠軍賽在下午舉行，陽光燦爛，偶爾會吹來熱熱的一陣風，比起臺灣的天氣，算是涼爽了，我們早已習慣在悶熱的天氣打球。韓國地主隊來了許多加油的觀眾，但我們的也不少，賽前練習後，主審示意兩隊集合，我依舊不經意的發出「ㄏㄣ」聲，主審和其他裁判簡單的交談，應該也是在解釋我發聲的理由。

我覺得很奇怪，從預賽開始，國際賽怎不見其他國家的裁判，全部都是韓國人。本來以為進四強賽後就會有其他國家的裁判，結果也都是韓國的裁判，冠軍戰也是，因為我聽到他們用韓國話交談。

集合的時候，隊伍從高排到矮，每個韓國隊的球員身高都比我們高出快半個頭，場邊的家長發出驚嘆聲。我想起校長說的：棒球比賽不是比身高的，是比得分多的。我再度發出「ㄉ」聲，提醒隊友，專心比賽吧。

比賽開始，我們先守，跟昨天對日本一樣，家賢是先發投手，他昨天投得很好，相信今天會更好。我守一壘，教練要我靠近壘線，才不會守不到沿著邊線的強襲安打。

家賢面對第一個打者，二好一壞時，就被打了全壘打，我心裡默默的祈禱趕快回穩，果然讓第二棒打出中外野高飛球，被子崴接殺。家賢看起來還是強投，跟我想的一樣，今天投得比昨天好。第三棒上來，二好三壞後，繼續與家賢纏鬥，沒想到卻獲得四壞球保送，我心想韓國打者真的很黏，不斷把球打出界外，不讓主審有機會拉弓，讓打者三振出局，這是我要學習的地方。

打者被保送上壘後，我負責看住他，家賢不斷牽制，讓打者不敢離壘包太遠，不過，一壘上的跑壘者不死心，不斷離壘，干擾投手的投球節奏，最後還是讓他成功盜上二壘了。輪到第四棒打擊，家賢連續投出四個壞球保送。第五棒打者應該和教練差不多高，家賢投得很小心，一直到二好三壞，我有聽到教練故意說臺語：「投輪的球」，果然，球提前落地，但捕手沒接到，第五棒向一壘衝過來，像一部大卡車一樣。糟糕，滿壘了，只有一人出局。

教練喊暫停，投捕手到三壘邊線聽教練指示，我也沒閒著，和內野的隊友傳接球，主審慢慢走到教練那兒，催促比賽。我站回一壘，不由自主的發出「ㄏㄢˋ」一聲，壘包上韓國的第五棒瞪了我一眼，我也看了看他，就注意看打擊區的第六棒。

家賢繼續投球，可惜連續又投了三顆壞球，不過，我站在一壘看，有一個球應該是好球，但主審不喜歡也沒辦法。

我聽到場邊的校長和家長喊：「家賢加油！臺灣加油！」又聽到教練大喊：「直的乎伊打！」

說時遲那時快，只聽到「ㄎㄧㄤ」一聲，球滾到右外野的一壘安打，韓國跑回二分，一、二壘有人。我們零比三落後，教練又喊暫停，直接走上投手丘，拍拍家賢肩膀，要他跟守中外野的子崴對調位置，跟昨天的投手調度一樣。子崴一上來就連續被打兩支安打，再加上左外野高陸的隱形失誤，又掉了二分，還好最後抓到三個出局數，一局上結束，我們就輸了六分。

回到休息區前，每個人都是苦瓜臉，教練豐滿的雙頰勉強擠出一絲笑容：「孩子們，才第一局而已，我們還有七局可以進攻，一分一分追，別輕易投降，不要放棄這場比賽。」

我心想我們打了太多場的提前結束比賽，真的不習慣一開賽就大比分落後。教練接著說：「忘掉失分，全力搶分。子崴，你是王牌投手，如果連你都壓不住，那我們真的要輸了喔，加油！」

我依舊不斷的發出「ㄏㄢ」聲，教練再補一句：「承緯，別『ㄏㄢ』了，打安打喔。」我聽到隊友終於勉強笑出聲來。這時，主審也過來催促我們準備進攻了。

韓國的先發投手是左投，一開局虎虎生風，連續三上三下，但是我的隊友都可以碰到球，而且都還是打到外野，自動找到外野手的手套被接殺。二局上，子崴又被打了一支全壘打，我們以零比七落後，還好回穩結束韓國隊的攻勢。

二局下，換我們進攻，第四棒黃愷一上場就敲了一支全壘打！我們好開心，場邊校長和家長瘋狂大叫，接下來連續兩棒安打，家賢打了一支二壘安打，我們攻占二、三壘，輪到我打擊，我依然「ㄏㄣ」聲不斷，捕手一直看我，投手一出手，我便出棒，球落在游擊和中外野之間，跑回二分後，接下來的攻勢被凍結，暫時以三比七落後。

三、四兩局韓國隊掛蛋，第五局才又轟出陽春砲。三下韓國隊換上右投手，三、四、五局，我們共得四分，暫時以七比八落後。六局上，韓國隊無功而返，六局下韓國隊再度換上左投，卻壓不住我們的打擊，包括辰勳的二分砲，我們連得四分，以十一比八，暫時領先三分。

七局上，韓國隊最後半局進攻，教練說只要守住就贏了，投手換上終結者黃愷，一上場便先賞給韓國隊一個三振，接著讓第二個打者打出一壘邊界外高飛球，被我接殺。

眼看就只剩一個出局數，我們就贏了。沒想到黃愷先是一個不死三振，一個四壞球保送，加上雙盜壘，變成韓國隊二、三壘有人，接下來的打者是打過全壘打的韓國第四棒，黃愷故意保送他擠成滿壘。

這樣也好，守備只要封殺就好了，不過也很緊張，萬一第五棒揮出全壘打，我們就輸了。黃愷與打者纏鬥至二好三壞，我聽到教練用臺語說：「投沉的。」

果然球提前落地，捕手也用胸前護具擋下來，打擊者揮棒落空三振出局，主審拉弓大喊一聲：三振打者，比賽結束！

我們衝到投手丘，高舉食指向天，高興的大叫：「美國，我們來了！」

後記：作者時任新北市三重區興穀國小校長，組織新北市少棒聯隊，勇奪美國小馬聯盟臺灣區少棒冠軍，旋即代表臺灣遠赴韓國首爾參加美國小馬聯盟亞太區少棒冠軍，本篇為臺灣與韓國二〇一四年七月十八日冠軍賽實錄。詳見二〇一四年七月下旬《自由時報》、《聯合報》、《中國時報》、《蘋果日報》等相關報導。

錯錯貓

錯錯想了好久、好久，終於體悟到：其實他們都不是該學習的對象。

二〇一四年十月三十日刊於《臺灣時報》

錯錯是一隻很可愛的小貓，但當她斷奶後就和媽媽分開，也和貓群失散了。很多事都還沒學會，特別是抓老鼠的技能，她只有遠遠的看過媽媽抓老鼠，又沒有主人願意收留她，只好獨自生活，到處流浪。

錯錯悠閒的在村莊裡散步，肚子餓的時候，就喝水溝裡的水，運氣好的話，會撈到死魚勉強塞塞牙縫，但總覺吃不飽。有時候餓到受不了，就隨便啃起路邊的青草，偶爾也會跑到賣爆米花的攤位旁，撿拾老闆不小心掉在地上的爆米花吃。有時會遇到從水溝裡跑出來的老鼠也來吃爆米花，但她只敢遠遠的看著老鼠。她心裡暗自許下願望：有一天，一定要抓住眼前的老鼠好好飽餐一頓。

為了達成抓老鼠的願望，錯錯開始找尋學習的對象，她走到村莊外，看到一隻大白鵝低著頭，看似在吃草，等她靠近時，才發現大白鵝嘴裡叼著蚯蚓。

大白鵝很快吞下蚯蚓，張開翅膀挺起胸膛，大聲喝斥：「臭貓，妳要做什麼？」

錯錯被大白鵝突來的舉動嚇得腿軟，哀求著說：「大白鵝別生氣，不要咬我，我只是想向你學習要怎樣可以抓到蚯蚓？我想要成功抓到老鼠。」

「喔，原來是這樣。注意看！學著點。」大白鵝低下頭來。

錯錯專注的看著大白鵝，只見他厚實的嘴巴在地上啄呀啄，把泥土啄得飛濺起來，沒多久，一隻蚯蚓就被叼在嘴裡，然後，一仰頭，蚯蚓就滑進大白鵝的肚子裡了。

「好帥啊！你抓蚯蚓的樣子真的帥呆了。」錯錯用崇拜的眼神看著大白鵝。

大白鵝用力揮了幾下翅膀，胸膛挺得更高了：「來吧，照我的動作，換妳抓抓看。」

錯錯靠近大白鵝，學著大白鵝的動作，嘴巴不停的朝地上啄呀啄，啄得滿嘴都是泥土，連鼻孔都塞滿了。錯錯一連打了好幾個噴嚏，不斷咳嗽，好不容易把嘴裡的泥土吐了出來，兩隻前腳不停的搓揉兩頰，終於把鬍鬚沾黏的泥土全都清乾淨，可惜的是沒有抓到蚯蚓。

「你騙我！照你的方法做，根本就抓不到蚯蚓，更別想要抓老鼠。」錯錯的語氣帶著無奈與氣憤。

大白鵝轉過身去：「我已經盡力教妳了，抓不到蚯蚓也沒辦法，妳找別人吧。」

錯錯低著頭離開，踱步在草地上，偶爾還會打個噴嚏。不知不覺間走到了竹林裡，看到一隻母雞帶著五隻小雞正在覓食。

母雞的身手很俐落，只見她兩隻腳交替著耙翻泥土，短小尖銳的嘴輕易就啄起小蟲，偶爾還會啄起蚯蚓來，五隻小雞開心的爭搶起小蟲和蚯蚓。

錯錯心想這下真的找對人了，便緩緩的靠近雞群，嚇得小雞全躲到母雞身後，母雞挺起身揮動翅膀大聲喝斥：「你要做什麼？」

錯錯被母雞的舉動嚇得向後退了幾步，輕聲說：「母雞母雞，請別生氣，我只是想和妳學習抓蟲的技巧，我想學會抓老鼠。」

「咕咕咕，妳都沒學過嗎？」母雞瞪大眼。

「有啊，我剛才學大白鵝抓蚯蚓，學得滿嘴都是泥土，直打噴嚏直咳嗽，但一隻蚯蚓也沒抓到。」錯錯有點委屈的說。

「看著點，大白鵝是用嘴巴耙翻泥土，難怪妳會滿嘴土。我是用兩隻腳交叉耙土，很快就能把藏在地底下的蟲或蚯蚓耙出來了，然後再用嘴巴一啄，輕鬆鬆就可以抓到蟲或蚯蚓了。」母雞邊說邊示範，嘴巴又叼住一隻蚯蚓了。

錯錯點點頭，恍然大悟的照著做，前後腳交替耙起泥土，卻無法像母雞一樣，順利的耙深泥土，只能耙到表面的泥土，因此還是沒成功抓到蟲。這時她忽然感覺右後腳有些痛，原來剛剛太用力，把腳肉墊都磨破皮了。

「母雞，妳亂講，我照妳的方法做，怎麼還是抓不到蟲？而且還磨破我的腳肉墊。」錯錯有點生氣。

「妳啊，只看到我耙土的動作，沒看到我伸出尖銳的腳爪，妳的貓爪都沒有伸出來呀，當然不會成功。」母雞反訓了她一頓。

「原來是這樣！我再試試。」錯錯心虛的說。

這次，錯錯伸出銳利的貓爪，使勁的耙土，終於抓到一隻蚯蚓。她高興的又叫又跳，這是她離開媽媽後第一次抓到獵物。只是蚯蚓太小了，根本無法果腹，她心心念念著美味的老鼠。

「母雞母雞，妳可以教我抓老鼠嗎？」錯錯再次請求。

「我不會抓老鼠，妳找錯人了，應該找長輩或同伴教才對。」母雞搖搖頭說。

錯錯又回過頭去找大白鵝。

錯錯對大白鵝說：「大白鵝、大白鵝，你為什麼用嘴巴耙翻泥土啊？」

「啊不然勒，不用嘴巴要用哪裡？」大白鵝挺起胸膛。

錯錯很驕傲的說：「剛才，我去學母雞抓蚯蚓，母雞是用腳耙翻泥土，為什麼你不是用腳呢？應該要用腳啊！才不會耙得滿嘴都是泥土。你都亂教，害我滿嘴都是泥土。」

大白鵝哼的一聲，怒斥錯錯：「聽妳在鬼扯！我的腳是用來划水的，不是用來耙土的。母雞會游泳嗎？叫她跟我比賽游泳啊！」

錯錯被大白鵝說得啞口無言了，她心想到底是誰錯了啊？如果學大白鵝，會讓自己滿嘴都是泥土；如果學母雞，會讓自己的腳肉墊磨破皮。錯錯想了好久、好久，終於體悟到：其實他們都不是該學習的對象，她應該再找其他動物學習抓老鼠才對。

天空飄起陣陣細雨，錯錯用力的甩掉身上雨水，想找個地方躲雨，她奮力的跑到池塘邊榕樹下，看到兩隻紅番鴨在池中優游著，只見一隻紅番鴨將嘴巴插入水中，一下子又浮上水面，仰著頭做了吞嚥的動作。另一隻體型較大的紅番鴨，潛進去水裡一會兒，回到水面上時，嘴裡已經叼著一條小魚，小魚的身體不斷掙扎擺動著，只見紅番鴨一仰頭，小魚就被吞掉了。

抓不到老鼠，抓條魚吃也不賴。錯錯心裡想著，走近了池塘。

「番鴨番鴨，你們教我抓魚好不好？」她問。

兩隻番鴨緩緩拍落翅膀上的水，異口同聲的說：「妳不會游泳，怎麼抓水裡的魚呢？」

「讓我試試，好不好？」錯錯哀求著。

體型較大的番鴨說：「不行啦，妳會淹死！」

錯錯大聲回說：「不會不會，我會憋氣，學你潛進水裡面，就可以抓我喜歡吃的魚了。」

「既然妳那麼堅持，我示範給妳看。」大番鴨說完，立刻潛進水裡，一會兒浮上水面，嘴裡叼著一隻小魚，頭一仰，便把小魚吞下肚。

「教我教我，我要吃魚。」錯錯興奮的在池邊來回踱步。

「好，妳退後點，盡全力助跑再向水裡跳，記得頭部要先碰到水面，才能順利潛進水裡。」大番鴨說明著。

錯錯趕忙向後退跑了幾步，深吸一口氣，並憋住，奮力向池塘衝，邊跑邊聽到大番鴨大喊：「頭朝下！頭朝下！」

水面隨著錯錯的跳水，濺起大片水花。

「糟了，怎麼不是頭朝下呢？」兩隻番鴨趕快潛進水裡，看看錯錯潛到哪裡了，卻怎麼也找不到她。

待兩隻番鴨憋不了氣，浮上水面，奮力拍落翅膀上的水珠，還是不見錯錯浮上水面，番鴨相對無言。

過了許久，靠池塘邊緣的水面，開始不斷冒出泡泡來……錯錯終於浮上水面，嘴裡叼一隻小魚，並慢慢游近池畔，兩隻番鴨在池邊為錯錯喝采。錯錯奮力爬上岸，吐出嘴裡的小魚，大口喘著氣。

兩隻番鴨走了過來，跟錯錯說：「妳還好吧？」

錯錯開心的說：「我成功了，謝謝你們！」

「既然在水底，妳都可以憋住氣抓到魚，相信妳回到陸地上，一定很快就可以抓到老鼠的。」兩隻番鴨也稱讚、鼓勵起錯錯。

錯錯聽完番鴨的話，變得更有自信。離開他們後不一會兒，錯錯在甘蔗園裡，順利抓到一隻老鼠，那是她生平抓到的第一隻老鼠！

回想一路走來，向大白鵝和母雞學捉蚯蚓，向番鴨學抓魚。最後，她終於順利學會抓老鼠，錯錯好開心，深深覺得自己長大了！

壁虎的天空

「只要你願意抬頭看，你的天空就有無限的寬廣喔。」

壁虎的天空，不是抬頭仰望，而是低頭俯視。

有一天夜裡，正是我期中考結束發下考卷的那一晚。

媽媽看過我的分數，低頭瞪著我，左手插腰，右手食指指著我，像極了家裡的冷水壺。其實，我也不希望考那麼差，內心很期望得到媽媽的讚美。等媽媽發完脾氣後，我默默關上房門，坐在書桌前，瞪著考卷上的分數，只是紅色簽字筆寫成的阿拉伯數字而已，媽媽怎麼生那麼大的氣啊！

「遮……」

耳邊忽然傳來陣陣的遮遮聲，我的心都被分數遮黑了，還要讓我聽到遮遮聲。我抬頭看看天花板與四周圍的牆壁，沒看到什麼東西在叫。

「遮……」又來了。我靠近衣櫥邊，聲音是從衣櫥後的牆壁傳過來的。

我也學著叫「遮……」，那聲音不斷響起，我敲敲衣櫥，遮遮聲暫停下來，沒多久，在衣櫥上方的天花板看見一隻壁虎，原來遮遮聲是壁虎發出來的。

第一次看見壁虎是在鄉下阿嬤家，但是沒像現在這麼近距離，我的內心有點兒害怕，卻不敢大叫，怕又惹媽媽生氣。

壁虎側過頭看著我，眼神就像媽媽剛剛瞪我的樣子，我更害怕了。

「遮……」壁虎狂叫，就連他也在嘲笑我嗎？壁虎的遮遮聲，讓我想起媽媽的連珠炮，心裡很不是滋味。我們對看許久，我忽然發現壁虎的眼球就像珍珠奶茶裡的珍珠，圓滾滾的、晶瑩剔透。

我為壁虎取名叫「遮遮」，在這個家，壁虎是我唯一的朋友。爸爸早出晚歸，一早出門時，我還沒起床；深夜回家時，我已經熟睡。只有假日時，偶爾才有機會和爸爸聊上幾句。媽媽都在家照顧剛出生的妹妹，我總覺得妹妹好愛哭，每當妹妹不哭的時候，就得聽媽媽不斷的嘮叨……

我還是喜歡去學校，有好多同學陪我玩，就算偶爾被老師處罰，也比在家裡快樂多了。

「遮遮，你會不會寂寞啊？」我喃喃的說。

「遮……」遮遮繼續叫著。

我心想：如果遮遮可以跟我說說話，那該多好？就像玩電動一樣，切換我喜歡的模式，可以的話，希望把遮遮切換成「人聲模式」——

「遮……朋友，你好啊！」忽然，一道陌生的聲音響起。

「啊！有鬼！是誰在說話？」我嚇到了，大聲叫出來。

媽媽抱著妹妹氣呼呼的跑進房，劈頭就罵：「你又怎麼了？哪裡有鬼啊？真是的。」

我指了指天花板的壁虎。

媽媽也大叫一聲：「啊！」便快步衝出房間，等她再進來時，右手拿著電蚊拍，左手拉了一張椅子，腳一跨，便站上椅子。媽媽的身高加上手長，再加上電蚊拍的高度，可以輕鬆的擊中天花板上的壁虎。

說時遲那時快，當媽媽的電蚊拍朝壁虎揮去時，我急忙大喊：「遮遮快逃！」遮遮一溜煙的鑽進衣櫥後方牆壁。媽媽嘟著嘴，鼓起雙頰，好像教室前榕樹上的松鼠，她跳下椅子指著我，又是一頓大罵，怪我害她抓不到壁虎。

我早已習慣媽媽的責罵，每次媽媽一開罵，我只能低下頭來，盯著自己的腳。好幾次，我都小聲的問腳說：我到底是不是媽媽親生的啊？想到這裡，總會一陣鼻酸，也許，我真是這個家多餘的人……

媽媽用力甩門，氣呼呼的離開。我趕緊靠近衣櫥邊輕聲的喚：「遮遮、遮遮，你沒事吧？」

「遮……」過了一會兒，終於聽到遮遮的叫聲，也讓我放下心來。

「遮遮，剛剛是不是你開口說『朋友，你好啊』？」我問。

寂靜的房間裡，彷彿聽到遮遮腳趾摩擦牆壁的微弱聲音。我抬頭看，果然遮遮又出現在天花板上，低頭看著我，這次，遮遮的眼神變得黯淡而哀傷，我想應該是被媽媽的電蚊拍嚇壞了。

我看著他：「遮遮，你沒被我媽媽電到吧？」

遮遮眨眨眼，尾巴左右晃動的叫：「遮……差一點，還好我溜得快，不然就被電暈了。」

「啊！你真的會說話，那我們可以好好聊聊天，我才不會那麼無聊！」我好開心，在這個家，終於有人可以陪我聊天了。

「遮遮，你怎麼會來我家呢？」我好奇的問。

「遮……說來話長。」遮遮娓娓道來。

遮遮說他出生後就和自己的媽媽走失，他小心翼翼的躲在家具行衣櫥裡，每天吃被捕蚊燈電暈的蚊子，直到他有能力自己捉蚊子後，才有機會吃到新鮮的蚊子。有一天，我媽媽去買衣櫥，老闆就連他一起送到我家來了。

剛開始，他躲在衣櫥裡不敢出來，餓了好幾天後，才幸運的撿到一隻死蚊子。又因為常常聽到媽媽宏亮的責罵聲，讓他更不敢離開衣櫥了，後來，終於慢慢適應我家的環境，直到今晚，才鼓起勇氣到天花板逛逛，卻沒想到差點被電暈。

「遮遮，對不起，差點就讓你死在電蚊拍下。」我有點愧疚的說。

「遮……沒關係，我是一個孤兒，要想盡辦法活下來，不像你，有爸爸和媽媽照顧，很幸福啊！我好羨慕你喔。」遮遮低頭看著我。

我坐在床邊，覺得遮遮說的話有點道理，也許我應該珍惜才對。可是，媽媽每天要花好多時間念我，有時候還會生氣的大罵。

「遮遮，你認為我幸福嗎？我總覺得爸爸和媽媽不愛我，尤其是媽媽老喜歡高高在上的低頭看我，數落我的不是。唉！有時候，真覺得我不是媽媽親生的。」我一股腦兒說出埋藏在心底的話。

遮遮搖搖晃晃的爬到我床邊正上方的天花板，吃力的探頭，想要更接近我，讓我聽清楚他的聲音。後來，他索性沿著牆壁爬到跟我視線一樣高的位置——現在，遮遮不必再低頭看著我，我們就像朋友般對視，可以盡情的聊天。

「遮……其實，你也可以反省一下，媽媽罵你的原因是什麼？」遮遮稍微抬起頭說。

我沉默不語。心想哪些地方沒做好呢？寫作業拖拖拉拉，聯絡簿常忘記拿給媽媽簽名，期中考沒有認真準備，常常忘東忘西……哇！我的缺點還真多，難怪常惹媽媽生氣。

「遮遮，你說得有道理，我真的好多地方沒有做好，如果我可以改過來，相信就不會讓媽媽生氣了。」好好反省後，我吐了一口氣，當下覺得好輕鬆。

遮遮眨眨眼，說：「那就對了！只要你做好自己的工作，為自己好好負責，相信你媽媽一定不會再生氣了，看你的，give me five。」

「真的假的？give me five？你的腳掌可以離開牆壁嗎？」我哈哈大笑。

只見遮遮吃力舉高右腳掌：「來吧！give me five！」

我輕輕的舉起右手掌和遮遮擊掌，開心的回應：「give me five！」

遮遮接著說下去：「記住喔，我只有低頭才能看見我的天空，看見美好的事物。而每當你低頭，希望你可以再度看見、檢視自己的缺點。不過只要你願意抬頭看，你的天空就有無限的寬廣喔。」

我點點頭笑了笑。

擊掌後，我遵守和遮遮的約定，也是給自己的承諾，努力改變自己的壞習慣。已經有好幾天沒低頭聽媽媽訓話了，反而莫名開始不習慣呢。

可以的，我要重新適應沒有媽媽責罵的日子，抬頭看寬廣的天空。

換尾趴

「你的尾巴這麼漂亮又很保暖，想換誰的呢？」

每年的聖誕節，是森林裡的年度大事「聖誕趴」，所有想要完成心願的動物都會來到森林之神的面前，祈求森林之神完成他們的願望。

今年比較特別，要舉辦「換尾趴」——森林之神允諾想換尾巴的動物，都可以在聖誕節這一天換尾巴，換過尾巴的動物可以同時擁有自己和另一隻動物的特性。不過，換來的尾巴使用期限僅有一天，過了聖誕節後，每隻換過尾巴的動物，就會回復原來樣子。

聖誕節當天一早，當大家還沉浸在聖誕夜的狂歡時，從聖誕夜就開始動身、慢慢走到森林之神城堡前的烏龜，搶在所有動物前，悄悄排在第一位。

排在烏龜後面的，是一隻大野兔。野兔和烏龜算是世仇，他們的祖先在一場賽跑中，野兔輸給烏龜，從此不相往來。烏龜緩緩抬頭看一眼野兔，野兔故意低下頭整理雙頰的毛髮，完全沒有眼神互動。

野兔後面排著山豬、猴子、孔雀、蜥蜴、松鼠……長長的隊伍繞著城堡周邊圍牆綿延，看不見盡頭。烏龜慢慢轉過身，以他貼近地面的視野，只能看到有四隻腳的，也有兩隻腳的動物，有長毛的腳，也有沒長毛的腳。

城堡門ㄍㄧㄍㄨㄞㄍㄧㄍㄨㄞ慢慢開啟，立刻引起一陣騷動，負責維持秩序的獅子，要排隊的動物沿著圍牆邊排好，不可以大聲喧嘩。狐狸想插隊，立刻被獅子一口咬出隊伍中；原本想插隊的野狼，看到這景象，不甘願的繞到隊伍最後面，經過獅子時，還狠瞪一眼。獅子也不甘示弱，張開血盆大口並大吼一聲，頓時，隊伍立刻鴉雀無聲。

烏龜第一個踏進城堡內，好幾隻獅子站在兩側，圍成一條行進的路線。引導的是一隻母獅，原本走在烏龜旁邊，不過烏龜準備爬上第一個階梯時，不小心跌下來，跌個四腳朝天。母獅一個箭步，叼住龜殼，直奔城門進入。

森林之神戴著皇冠，藏不住已呈灰白的鬃毛，坐在雕龍刻鳳的木椅上。母獅把烏龜放在木椅前方三步遠，畢恭畢敬——獅子必須先成為森林之王，死後才能成為森林之神，這是這座森林的規矩。

森林之神劈頭就問：「小烏龜，你想要換什麼樣的尾巴？」

烏龜探出頭說：「我要換猴子的尾巴。」

就在一陣咒語之後，烏龜短短的尾巴換成猴子的尾巴，烏龜試著扭動一下新尾巴，滿意的向森林之神道謝。母獅叼著龜殼，送烏龜出城堡。其他等著換尾巴的動物，遵循獅群的引導，一個接一個來到森林之神面前，也都帶著滿足的笑容離開。

第一個換尾完成的烏龜，開心的邊哼邊爬，其他排隊的動物，好奇且羨慕的看著烏龜。由於新尾巴扭動的速度比烏龜爬行還快，有時還覺得身體不斷扭動。爬了一陣子後，終於到達蘋果樹下，他渴望著要像猴子一樣爬上蘋果樹，盡情享受甜美的蘋果，也想像猴子般，用尾巴吊掛在樹上盪鞦韆。

烏龜運用尾巴，盪上了蘋果樹，也摘下鮮紅的蘋果，停留在樹枝上享用，蘋果的汁液順著枝條滴到地面。烏龜滿意極了，第一次在蘋果樹上吃蘋果，第一次爬到這麼高的樹上看著腳下的景物，原來，站在高處可以看這麼遠啊！也可以看到許多不同的景物，心想：當猴子真好！

烏龜抬頭望望頭上的枝條，他挑選一根大約像自己腳粗的枝條，伸長尾巴勾住之後讓自己慢慢的向地面垂下，龜殼前後擺動，學起猴子盪鞦韆。盪幾下後，開始覺得頭有點暈，說時遲那時快，眼前忽然一片黑，「叩」一聲，龜殼急速下降，碰撞地面。

「唉唷！痛死我了。」烏龜慘叫。「還好有龜殼，不然一定粉身碎骨……」

烏龜趴在地面上，久久不能起身。掉落那剎那，頭和四肢都反射縮回龜殼內，只有長長的猴子尾巴無法收，龜殼掉落地面時壓到尾巴，尾巴便腫得像拔河繩一樣粗。換成猴子的長尾巴後，就收不進龜殼內，現在腫成這樣，更收不進去了。要睡覺時，只能留著又長又粗的尾巴在龜殼外，任由蚊子叮咬、被松鼠或其他動物踩踏。

烏龜直打哈欠，又擔心尾巴被踩，好幾次快要闔上眼皮的瞬間，卻立刻被驚醒。此時，烏龜開始回想起短尾巴的日子，只要把短尾巴收進龜殼內，就可以好好睡覺，不必像現在心驚膽跳的。

野兔換了松鼠又厚又大的尾巴，開心的走出城堡，拖著圍巾般的尾巴走路，吸引好多動物的注視，感覺真的好威風。厚實的尾巴捲起來更是帥氣，像一朵綻開的花朵，讓看到的動物都驚呼連連。不過，剛開始走的時候，還不覺得沉重，好一段路後，開始覺得腰酸背痛。特別在低頭吃紅蘿蔔時，身體向前傾，都快要害他跌倒了。想起以前，圓球狀的尾巴雖然看起來平凡，但可以站著咀嚼紅蘿蔔的甜美，現在怕跌倒，只能趴著慢慢咀嚼了。還有，現在也不能再使用小跳步了，只能吃力的拖著尾巴走。

在所有換尾巴的動物中，山豬應該是最特別的，換成了孔雀的尾巴，一換好尾巴，就迫不及待的孔雀開屏。走在路上，果然得到許多動物的讚美，都稱讚山豬不僅強壯雄偉，而且變得更美麗。受到這麼多人的讚美，山豬走路更有風了。過中午後，山豬覺得肚子餓，鑽進地瓜田裡覓食。拖著美麗的尾巴走在田裡，很快就被地瓜藤蔓纏住，每走一步就必須用力扯開，有時還扯不開，得回過頭來咬斷藤蔓，才能順利尋找埋在泥土裡的地瓜。為了處理尾巴的糾纏，錯過好幾顆看起來很好吃的地瓜。

森林之神已幫許多動物都換好尾巴，松鼠排好久，終於輪到了。

森林之神直接問：「你的尾巴這麼漂亮又很保暖，想換誰的呢？」

松鼠悶不作聲，雙手順順臉頰上的毛，嘴裡還不斷咀嚼著堅果。

最後松鼠開口說：「我想換蜥蜴的尾巴，萬一再遇到老鷹要抓我，就可以斷尾求生。」

換成蜥蜴的尾巴，松鼠滿足的離開城堡，走起路來變得更輕盈。再度爬上蓮霧樹找鮮紅欲滴的蓮霧吃，才發現身體有點搖搖晃晃的，四隻腳必須更用力的抓住樹幹，不然隨時都會有快要掉落地面的不平衡感。松鼠摘到蓮霧後，原地兩隻前腳夾著蓮霧吃，但身體一歪就摔落到地面，痛得哇哇叫，也顧不得蓮霧滾到哪兒去？痛到連眼淚都飆出來了，更慘的是，抬起頭看天空，正好有一隻老鷹盤旋著，銳利的鷹眼似乎鎖定了他——

松鼠心想這下死定了，已經痛得無法走路，等等要怎麼逃？才閃過「逃」

的念頭，老鷹一下子飛撲過來，松鼠本能的斷了蜥蜴尾巴，尾巴在地面不停上下跳動，松鼠趕緊忍痛鑽進樹根後方的地洞裡。老鷹惡狠狠的叼住蜥蜴尾巴，直飛上天空。松鼠探出頭，見老鷹已飛走，終於放下心中的大石頭。還好有換成蜥蜴尾巴，不然，這時候早被老鷹叼上天了。

猴子正好換了烏龜尾巴，他認為這樣一來，少了尾巴的累贅，應該可以更靈活才是。但準備要爬樹的時候，才發現身體不聽使喚，明明想往高處爬，身體卻不停的顫抖。當猴子要從這棵樹跳到另一棵樹時，悲劇發生了，跳到一半，直接摔落地面，痛得唉唉叫，紅屁股變得更紅了。

公孔雀不喜歡自己過長的尾巴，於是要求換成公雞的尾巴。等公孔雀回到自己的國家，所有孔雀都不認得他了。他再也不會孔雀開屏，就算試著用力展開公雞的尾巴，只是短短的羽毛而已，而且顏色也不再鮮豔動人。母孔雀見到他，紛紛走避；其他公孔雀見到他，也都笑他是怪咖。

蜥蜴換成山豬的尾巴後，覺得這下走路可威風了，不需要把尾巴拖在地上爬，全隨自己心情轉換，尾巴可以直挺挺的，也可以捲曲著。不過，在爬行的時候，感覺相當吃力；而且失去斷尾求生的本能，得好好找個安全的地方躲起來，不然遇到老鷹，可就慘了。

聖誕節終於在熱鬧的換尾趴後結束了，換過尾巴的動物體驗到不同的生活模式，有的感覺不便，有的帶來困擾，更有的連生命都受到威脅。

不過，大部分的動物都有個共識：原來屬於自己的才是最合適的！

狗仗人勢

大地主在大廳裡踱步，偶爾走到庭院徘徊，心裡納悶著：怎麼狼狗還不回家？

從前，有個大地主，整個村莊的農人都是他的佃農。每個月，大地主會逐一向佃農收地租。

最近，大地主養了一隻狼狗，收租的時候，狼狗大搖大擺的跟在大地主後方，每到一戶佃農住家前，狼狗等不及大地主敲門，便狂吠好幾聲，佃農唯唯諾諾的開了門。大地主一言不發的伸出右手掌，佃農便主動將租金放在那白皙軟嫩的手掌上，然後，大地主順勢把錢塞進斜背在身上的袋子。

偶爾會遇到佃農討價還價，狼狗便露出大尖牙作勢攻擊並且不停狂吠，佃農嚇得不敢再多說什麼，只能乖乖繳租金。

兩個月後，大地主突發奇想，訓練狼狗代替他收佃租。他把裝錢的袋子掛在狼狗的脖子上，循著往常收租的路線逐一向佃農收租，並示意佃農把錢放進掛在狼狗脖子上的袋子裡。一開始，佃農害怕狼狗的尖牙，顯得畏縮。大地主喝斥狼狗閉上嘴、抬高脖子，才讓佃農順利的把錢放進袋子裡。

經過這次狼狗的收租訓練，大地主相當滿意，更暗自決定下個月就讓狼狗單飛，獨自向佃農收租。

收租的日子很快來臨，大地主在狼狗出發前，耳提面命一番，交代狼狗必須在日落前收齊所有的佃租。

狼狗信心滿滿的搖了搖尾巴，向大地主告別。循著和大地主以前收租的路線，挨家挨戶收租，每到一戶佃農的家，總先狂吠幾聲。

佃農打開門後，就乖乖的把錢塞進掛在狼狗脖子上的袋子裡。沒有一個佃農敢不誠實繳租金，除了怕大地主收回耕地外，更害怕被狼狗攻擊。而狼狗似乎也知道每個佃農該繳多少租金——看來，狼狗跟牠的主人一樣精明。收過幾戶佃農後，每個佃農對狼狗鞠躬哈腰的，乖乖把租金放進他的袋子裡，狼狗也自以為自己就是大地主。

狼狗沿著過去陪著大地主收租的路線，只記得村莊裡每一戶人家都得收租，到了每一戶人家門口，大地主只要一敲門，加上牠的吠聲，佃農便會立刻開門繳租。

這次，狼狗收租收到忘我，忘記了一件很重要的事：座落在村莊中間的一戶大宅院是不必收租的，而且大地主每半年要到這戶大宅院來繳稅。可惜，狼狗缺乏和大地主到這裡來繳稅的經驗，當走到這戶大宅院門口，牠依舊習慣性狂吠幾聲。兩個手持棍棒的衛兵，直挺挺的站在門口，完全不理會狼狗的狂吠。

狼狗正納悶著：怎麼這戶佃農沒有乖乖繳租金呢？於是牠持續的狂吠。

兩個衛兵受不了牠的吠叫，手持棍棒，快速走下臺階驅趕狼狗。狼狗被激怒了，立刻回擊，張大口露出尖牙，狠狠的咬住其中一名衛兵揮向牠的棍棒；另一名衛兵見狀，大聲斥責：「大膽畜生！」立刻大棒一揮，擊中狼狗頭部。狼狗頓時昏了過去，掛在脖子的錢袋灑滿地，兩名衛兵立即綑綁狼狗，並且抓進大宅院裡。

黃昏，大地主坐在大廳椅子上，悠閒的品嘗僕人準備的糕點。心裡盤算著，再過不久，狼狗便會收了滿滿一袋錢回家，想著想著，不禁得意的開懷大笑。趕緊吩咐廚房準備烤雞，慰勞一下狼狗的辛勞。

月亮悄悄的躍上皎潔的夜空，烤雞也放在餐桌一段時間，應該也放涼了。大地主在大廳裡踱步，偶爾走到庭院徘徊，心裡納悶著：怎麼狼狗還不回家？狼狗不是人，不會私吞他的租金。可是，怎麼還不回家呢？大地主終於按捺不住了，派出家裡的僕人們，手持火把，挨家挨戶去找狼狗。

僕人們挨家挨戶找狼狗，但已收租的佃農轉告僕人，狼狗已收完租離開；還沒收租的佃農轉告僕人，沒看到狼狗來收租。等僕人們回到大地主家後，一一稟告尋找大狼狗的情形。此時，大地主更是困惑：整個村莊都翻遍了，怎麼會找不到狼狗呢？

轟隆！屋外閃電，雷聲大作，喚醒寂靜的黑夜。大地主被突如其來的雷聲嚇得定在椅子上，久久不敢起身。

「糟糕！」大地主心裡迸出這兩個字，他擔心的事情顯然發生了。

整夜折騰，大地主即便躺在床上，思緒仍一直無法平復。

隔天一早，大地主立刻交代僕人準備貴重的黃金、珠寶等禮物，準備解救他的狼狗，也解救自己！

一行人浩浩蕩蕩來到大宅院門口，門口上高掛「衙門」匾額，這匾額壓得大地主喘不過氣來。兩個衛兵惡狠狠看著他們，並不屑的吐出兩個字：「何事？」

「報告兩位大人，我要求見縣老爺！煩請你們通報。」大地主拱手作揖。

一個衛兵轉身開衙門，隨即入內關上。

過了一會兒，衙門大開，衛兵示意大地主一行人可以進來。一進衙門大堂，大地主交代僕人們擺上貴重的禮物後，喝令僕人們退到庭院裡。

「升堂──」只見兩旁衛兵整齊的排列，縣老爺緩緩的走上審判臺，正襟危坐的樣子，令大地主顯得緊張萬分。

「大膽刁民，何事打擾本官？」縣老爺聲音威嚴且宏亮，令人顫慄。

「啟稟大人，昨天，我派家中狼狗收地租，應是得罪縣衙衛兵，整晚未回家。跪求大人同意，放了我家的狼狗。」大地主跪在地上，不敢抬頭。

縣老爺示意衛兵，把狼狗拖出來。只見狼狗奄奄一息，掛在脖子上的錢袋也不翼而飛。大地主心想不妙，連租金都被縣老爺沒收了，再加上今天準備的禮物，這下可虧大了。

「大膽刁民，抬頭看看，是這隻畜生嗎？」縣老爺大聲喝斥。

大地主點頭如搗蒜：「小的無知，放任這隻畜生冒犯朝廷官衙，小的知罪、小的知罪，請大人恕罪。」

「大膽刁民，你養的畜生竟敢冒犯官衙、攻擊衛兵，該當死罪！你竟敢放任這隻畜生向佃農收租，難道也將佃農當成畜生嗎？該當何罪？」縣老爺站起來，怒氣沖沖的指著大地主咆哮。

大地主不斷磕頭，節奏如鼓聲：「請大人恕罪，請大人恕罪，小的定當改過，請大人息怒！」

「你有何罪啊？」縣老爺語氣稍稍平緩些。

「小的知罪，任憑大人處置。」大地主恨不得把頭埋進地板裡。

「聽判，你的畜生仗人勢，作威作福，即刻斬首。至於你，豢養畜生，放任畜生欺壓善良的佃農，胡亂收租，民怨沸騰。死罪可免，活罪難赦。從明天開始，一年內不得再向佃農收租。限你一天內，挨家挨戶向每個佃農道歉。聽清楚了嗎？」

「謝謝大人！謝謝大人！小的遵命。」大地主不停的磕頭。

「退——堂——」

縣老爺頭也不回離開，留下那隻奄奄一息的狼狗和跪在地上的大地主。

等縣老爺離開後，衛兵立刻把狼狗拖出衙門外斬首。大地主緩緩起身，步出衙門外，挨家挨戶向所有的佃農道歉並承諾一年內免收佃租。佃農們被大地主突如其來的舉動，驚訝得說不出話來，也紛紛感謝大地主一年內免收佃租的承諾；大地主也勉為其難的擠出一絲笑容。

大地主回到家後，心想今年真是虧大了，也相當後悔，要狼狗收租這件事。

爬行比賽

「還是謝謝你教的方法，讓我可以走到這裡，非常感謝你。」

森林裡一年一度動物爬行比賽即將在下個月舉行，總獎金有一百萬動物幣，報名日期到這個月底。跟往年一樣，比賽路線起點是小溪邊，終點是山頂，距離大約是三公里。主辦者是老鷹族群，包括比賽路線勘查、障礙物清理、淘汰者移除等，都是主辦方必須負責的工作。

目前報名的動物中，原本就靠爬行移動的有：烏龜、鱉、蛇、蜥蜴，今年又加入壁虎；平常靠兩隻腳移動的有：鴨子、雞、鵝，今年加入企鵝；平常靠四隻腳快速移動的有：狐狸、石虎、豪豬、梅花鹿、兔子，今年加入穿山甲。

比賽規則很簡單，所有參加的動物都必須用爬行的動作完成比賽，途中只要停下來，立刻會被老鷹抓離現場。對原本兩隻腳或四隻腳移動的動物而言，是比較困難些，因為要改變原有的移動習慣，正因如此，往年爬行比賽冠軍，他們從未獲得，也期待著今年有沒有辦法破紀錄。

比賽當天一早，所有參賽動物都聚集在小溪邊，老鷹點完名後，讓所有的動物站在起跑點上，老鷹一吹哨，爬行比賽正式開始。

老鷹群在比賽路線上空盤旋，只要看到停下來的動物，就會立刻飛下來，直接抓離比賽路線。比賽路線前一公里，屬於較平坦且都是泥土的山路，一開始的領先群是穿山甲、蛇、蜥蜴，落後群是原本利用兩隻腳移動的動物，因為他們必須跪著爬行。四隻腳的動物跪著爬行稍微比兩隻腳的快了些。烏龜和鱉動作較慢，分別是倒數第二和第一。

有一段下坡路，穿山甲捲起身體，像球一樣滾了下去。蛇見狀，立刻向盤旋在天空中的老鷹反映。老鷹飛下來，警告穿山甲，不得利用滾動的方式犯規，並且立刻把穿山甲抓回開始滾動的地方。

蛇暫時保持第一名，蜥蜴緊追在後，壁虎也趕上來了，暫居第三名。穿山甲因為回到滾動時的起點，只能暫居第四名。

從平坦的山路進入較崎嶇山路，障礙變多了，有突出路面的樹根，大小形狀不一的石塊，還有小水窪等。

兔子停下腳步了，因為他的膝蓋磨破，痛得很難受。老鷹立刻飛下來，抓走兔子。

兔子大叫：「讓我休息一下，我就可以繼續爬。」

老鷹不領情：「哼！比賽規則就是不能停下腳步，你少來這一套了。」

企鵝原本爬在兔子後面，見兔子被抓走，他站起來邊看邊繼續走，盤旋在天空的老鷹立刻飛下來抓走他。

企鵝嚷嚷：「等一下等一下，我沒有停下來啊！你幹嘛抓住我啊？」

老鷹怒斥：「我們是爬行比賽，不是健走比賽，好嗎？」

烏龜和鱉慢慢趕上來了，追過了雞、鴨等兩隻腳的動物。

梅花鹿氣喘吁吁的爬行，他爬行過的路線開始有些鮮紅色的血跡，想必也是忍痛比賽。梅花鹿、狐狸、石虎、豪豬他們緊追在領先群後面。

不擅長爬行的動物跪著爬過突出路面的樹根，勉強可以忍受，但是要爬過不同形狀的石塊路面，就顯得吃力許多。特別在爬過有尖角的石塊時，膝蓋很容易磨破皮，腳盤和小腿部分也會。

鴨子停下來了，立刻被老鷹抓走。鵝和雞原本還苦撐著，過了一會兒，雞先停下，鵝也跟著停下來了；老鷹群很快抓走雞和鵝。利用兩隻腳移動的動物：鴨子、雞、鵝、企鵝，此時全部被淘汰了。

烏龜和鱉氣定神閒的邊爬邊聊天。

烏龜說：「阿鱉，你應該很少爬這麼遠的路吧？你老是在躲在水裡，很不習慣吧。」

鱉笑著說：「對啊，我真的很少在陸地上爬那麼久，你呢？你習慣嗎？」

烏龜吐了口氣：「我也是很喘，也不習慣在陸地上爬那麼久。」

鱉和烏龜並行爬著，他們異口同聲的說：「我們一起努力！」

爬完前面兩公里，蛇依舊暫時保持第一名，第二名是蜥蜴，第三名是壁虎，第四名依舊是穿山甲，烏龜和鱉並列第五名。原本在領先群的梅花鹿、狐狸、石虎、豪豬，爬行速度漸漸慢下來，顯然是膝蓋、小腿和腳盤都磨破皮了。

過兩公里的標線後，必須渡過一個長約十公尺的水窪，對於生性怕水的壁虎是一個重大挑戰，而穿山甲始終追不過壁虎、蜥蜴和蛇，想必也是受傷了。在這關卡，可以在水中活動的蛇、蜥蜴、烏龜和鱉，佔有絕對的優勢。

梅花鹿一下水窪，立刻痛得哇哇叫，趕緊回頭，停在水窪旁，他頓時感到不妙，忙大聲說：「等一下等一下，不要抓我，我休息一下就可以了！」

說時遲那時快，兩隻老鷹立刻飛下來，一隻抓住梅花鹿的角，另一隻抓住梅花鹿的腳，奮力帶走梅花鹿。

跟在梅花鹿後面，狐狸、石虎、豪豬依序來到水窪邊。

「喂！狐狸啊，石虎啊！你們快點下水窪，不然等一下就會被老鷹抓走了喔。」豪豬催著狐狸和石虎快點下水窪。

狐狸回過頭問石虎：「我磨破皮了，你還可以嗎？」

石虎搖搖頭說：「我也是，膝蓋好痛啊！」

狐狸點點頭：「等一下爬進水窪，應該會更痛吧！我看算了，我要放棄了，就停在這裡吧。」

石虎也點點頭，站在原地不動。

豪豬更急了：「喂！你們兩個在幹嘛？趕快下水窪呀！我們都快追上烏龜和鱉了啊。」

狐狸大喊：「我們不比了，放棄比賽。你要下水窪就來吧。」

狐狸和石虎主動讓開。豪豬氣得豎起背上尖刺，走過他們身邊時，還故意刺了他們一下。

石虎和狐狸被突如其來的刺痛，嚇得往旁邊跳開，但腳踩不著地，雙雙摔落山谷。但老鷹遠遠見狀，無法及時飛下來搭救他們。

豪豬一下水窪，也痛得大叫：「啊……痛死我了。」

豪豬痛得豎起背上的尖刺，在水窪裡仰臥，但背上的尖刺刺進爛泥裡，讓他動彈不得，著急的大叫：「救命啊！救命啊！老鷹救救我啊。」

一隻老鷹飛下來，死命地抓住豪豬的腳，豪豬一動也不動，老鷹趕忙請求在天空盤旋的同伴飛下來支援，第二隻老鷹飛下來，第三隻、第四隻也飛下來，四隻老鷹奮力抓住豪豬四隻腳，豪豬依然動也不動。

豪豬大喊：「救我救我，你們用力點，我開始往下陷了！」

其中一隻老鷹說：「你太重了啦！你的尖刺勾住爛泥，身體一直往下陷，我們根本拉不動你。」

「那怎麼辦？怎麼辦？快想辦法啊！」豪豬放聲大哭。

另一隻老鷹說：「沒辦法，我們盡力了，非常抱歉。」

四隻老鷹放開豪豬，飛上天空，看著豪豬緩緩的陷入水窪，水漸漸淹過豪豬的肚子，只剩下頭顱在水面上死命掙扎，但沒一會兒功夫，豪豬整個被淹沒。

這時候，蛇、蜥蜴、烏龜、鱉早已游過水窪。壁虎游到一半，驚見豪豬溺水，嚇得趕緊回頭，游回水窪起點，爬上岸逗留。老鷹立刻飛下來用尖嘴叼走壁虎。

成功游過水窪的動物只剩下蛇、蜥蜴、烏龜、鱉，分居第一、第二、第三、第四。眼見終點就在前面一百公尺處，看起來，蛇就要奪冠了。沒想到，離開水窪後，地面卻爬滿帶有尖刺的植物，蛇和蜥蜴一爬過，立刻痛得流下淚來，趕緊回頭。他們這一回頭，老鷹立刻飛下來，叼走他們。

被老鷹抓住的蛇，邊吐信邊喊：「我是第一名！我是第一名！真的很不甘願，很不甘願啦——」

蜥蜴也痛得大叫：「我是第二名，只要追過蛇，我就是冠軍了，我也很不甘心啦！」

烏龜和鱉也被尖刺刺得眼淚直流，烏龜靈機一動，想到一個辦法，對鱉說：「阿鱉，跟著我做，經過尖刺的地方把頭和腳縮進殼內，再找沒有尖刺的地方，慢慢伸出腳用力往前蹬，記得頭還是躲進殼內，只要看得到前面的路就好了，不要讓頭被刺到了。」

鱉仔細看著烏龜的示範，慢慢跟著烏龜往前進。

烏龜和鱉利用外殼，抵抗著植物的尖刺，往終點邁進。烏龜暫時保持第一名，鱉暫居第二名。

走了約五十公尺，鱉突然停下來，向烏龜喊道：「阿龜，我不行了……鱉殼磨破了，我必須放棄比賽。」

烏龜回過頭說：「啊！怎麼會這樣，你的殼跟我的不一樣嗎？」

鱉無奈的說：「對啊！我的殼比你薄一點，所以就破了。還是謝謝你教的方法，讓我可以走到這裡，非常感謝你。」

鱉痛得把頭和腳都縮進殼內。老鷹飛下來想抓走鱉，卻怎麼也抓不穩光滑的鱉殼。

老鷹飛在鱉的上方，大聲說：「阿鱉，你試著把腳伸出來，我才有辦法抓住你，帶你離開這裡。」

鱉忍著痛說：「好，我試試看。」

烏龜也回過頭說：「阿鱉加油，你可以的，慢慢來。」

鱉把頭稍微探出殼外，試著伸出前腳，找到一小處尖刺空隙，再試著伸出後腳，找到另處空隙，然後向老鷹說：「我伸出腳了，拜託你幫忙。」

老鷹用力抓住鱉的右前腳，往天空飛去。

鱉低頭看著烏龜：「阿龜，謝謝你，再見囉，恭喜奪冠！」

烏龜也大聲的說：「阿鱉再見，明年看你奪冠喔！」

比賽接近尾聲，烏龜輕手輕腳的爬過有尖刺的植物區域，總算喘吁吁爬到山頂終點。在這裡等待的老鷹，立刻宣布烏龜勇奪今年爬行比賽冠軍！

冠軍還有個特權，搭老鷹的順風車返回爬行比賽的起點。因此等頒獎後，老鷹抓住烏龜的硬殼，飛向天空，烏龜也飽覽了一番高處眺望的美景。

土地公當裁判

「有什麼事好好說，沒有我老人家解決不了的事情。」

每年農曆二月二日是土地公的生日，這天依照往例，土地公都會出巡到凡間去當裁判。排解父母或家人，朋友或鄰居，老師或學生之間的誤會或糾紛，同時裁決雙方對錯，對的人繼續維持，錯的人則必須立即改進。因此，凡人只要在過去一年發生糾紛或誤會，都會期待土地公生日這一天。

當天清晨，土地公迫不及待早起梳洗完畢，走出廟門，準備好好的當裁判。出廟門一右轉，馬上傳來吵架的聲音。土地公拄著拐杖，用最快的速度走到傳出聲音的大門口。

他輕輕敲門，應門的男人兇巴巴的回應：「敲什麼？我們沒空理你啦。」

土地公好聲好氣的說：「我是土地公，來拜訪你們一下。」

開門的是一個女人，臉上掛著淚珠，請土地公入內，拉了一張椅子請他坐。

土地公直接問：「你們夫妻為了什麼爭吵？」

男人默不吭聲，女人邊哽咽邊說：「都是他啦！明知道今天要繳兒子的學費，卻把錢借給他的朋友。」

男人也不甘示弱的說：「朋友有通財之義，朋友急用，當然先借啊。學費可以晚點繳沒關係，而且朋友答應我明天就還我錢了。」

土地公靜靜的聽著夫妻間的對話。

女人又哭著說：「你每次都這樣，朋友擺第一，就算家裡缺錢，你還是不改這樣的壞習慣。」

男人兩手插腰，面對牆壁沉默下來。頓時，屋子內的空氣瞬間凝結，氣氛變得詭譎。

土地公清清嗓門，對男人說：「小伙子，聽聽老人家的勸，對朋友有義是很好的事情，但要先考慮家裡的處境。你明知道今天必須繳兒子的學費，卻把錢借給朋友，這就是你的不對了。你應該學習拒絕別人，不要當爛好人。」

男人被土地公說得無法反駁。

土地公接著向女人說：「妳也不要這麼生氣，有話好好說，你老公的錢既然已經借給朋友了，而且答應明天還錢。大可和學校老師說一聲，學費明天再補繳。」

女人氣未消的說：「那萬一他的朋友明天不還錢呢？」

男人忍不住回嘴：「我朋友會還錢好不好，而且明天都還沒到，妳又怎麼知道我的朋友不會準時還錢？」

氣氛再度劍拔弩張。

「好了好了！你們不要再吵了，就等明天吧，明天如果沒拿到錢，老人家我再出面找妳老公的朋友要錢，這樣好不好？」土地公做了自認為完美的結尾。

告別這對夫妻，土地公繼續尋找需排解糾紛的對象。

走了一段路，土地公走進村莊裡的小學，到了球場，看見一個男孩坐在地上哭，另一個男孩站在他旁邊，不知所措。

土地公扶起坐在地上哭的男孩，關心的問：「你在哭什麼？跟土地公說。」

男孩邊哭著說：「是我先拿到球的，但他搶我的球，不給我玩。」

土地公接著問站在一旁的男孩：「你為什麼搶他的球啊？你如果要玩球，可以和他商量，大家一起玩，不是很好嗎？」

那男孩無辜說：「沒有搶啊，是他把球丟過來，我撿到的，我怎麼知道是他的球？」

土地公摸摸他的長鬍子，接著問：「是嗎？那他為什麼會哭？你可以告訴我一個好理由嗎？」

那男孩漫不經心回答：「我怎麼知道他在哭什麼？又不是不還他球，幹嘛動不動就哭啊。」

原本哭泣的男孩哽咽著：「你把球還給我就好了，我不想跟你玩。」

土地公告訴那個搶球的男孩：「第一，你搶人家球，就不對。第二，我在問你了，你還不認錯。這樣，我非常不喜歡，希望你可以改進，不可以沒有經過別人同意，就隨便拿別人的東西。這樣的行為，不是偷就是搶。你懂嗎？」

那男孩點點頭，表示懂了。

土地公接著又說：「好，那你跟他說聲對不起，這件事就到這裡結束，可以嗎？」

那男孩把球遞給哽咽著的男孩：「對不起！下次我不會這樣對你了，我一定會徵求你的同意，再跟你一起玩球。」

哽咽的男孩破涕為笑：「好，那我們一起玩球吧。」

見他們和好，又跑到球場中一起玩球。土地公開心的大笑。

離開學校，土地公繼續尋找排解糾紛的對象。

走在村中小路，路旁稻田青翠，農人插秧好一段時間了，秧苗正逐漸成長。田邊的水溝，水流潺潺，滿眼都是綠色，偶見紅色朱槿花矗立在田埂旁。土地公在這裡已生活近一百年，一百年來，他守著小村莊，傾聽人們的需求，保佑人們及農作物豐收。他也很安慰，村人喜歡他、信任他。趁著一年一度的下凡時間，他會好好的回味村中的一切景物與人事。

接近村尾的麵店，隱約傳來陣陣吵架聲，聲音越來越大，甚至還聽到木頭椅子摔在地面上的聲音。

土地公三步併兩步快速走進麵店，用力把枴杖往地上一杵：「不要打架，不要打架！有什麼事好好說，沒有我老人家解決不了的事情。」

麵店老闆眉角滲著鮮血，指著坐在地上的婦人罵：「妳來吃麵又不付錢，今天是第幾次了啊？我一定要送妳到派出所，請警察處理，真的氣死我了！我做小本生意，要讓妳這樣糟蹋。」

那婦人流著鼻血，委屈的哭著。

土地公猜想應該是剛剛的衝突讓他們都掛彩了。

那婦人哭著說：「我會付錢，但今天身上沒錢，所以沒辦法付錢啊！你就讓我欠一下，改天再還你。為什麼要這麼小氣啊？」

土地公聽出兩人的紛爭，應是老闆為了婦人付不出麵錢而動手動腳。

「老闆啊，聽老人家說幾句話。你開店做生意，為的是求財不是求氣，對吧？那婦人沒付錢，你生氣也是應該的，但是絕對不要動手，動手就不對了。」土地公娓娓道來。

老闆氣得緊握拳頭：「沒錯，是我先出拳打她鼻子，她也拿椅子砸到我的眉角呀。她啊，做賊喊抓賊，今天可不是第一次吃麵不付錢喔，這個月已經好幾次了，我忍她很久了啊！」

土地公問那婦人：「妳怎麼可以吃麵不付錢呢？而且還不只一次。」

婦人持續啜泣，哭著說：「我不是故意的，我也想付錢啊。但是我真的沒有錢，肚子又好餓。」

「妳看妳看，沒錢還敢來吃麵，這個月好幾次了，前幾次我都算了，想說讓妳欠一下，怎麼知道妳都不還錢，我當然很生氣啊！今天，我一定要報警處理，看妳下次還敢不敢？」老闆氣得發抖。

「唉……」土地公接連嘆了好幾口氣。

土地公看著那個婦人說：「妳是不是生活有什麼困難啊？說出來，看看老人家我能不能幫上忙。」

婦人哽咽著說：「本來我兒子每個月都會給我生活費，上個月底，他突然發生車禍，現在還住院，我也不好意思跟他要生活費，所以……」

土地公轉向老闆，說：「老闆啊，你也聽到了，她不是故意要吃麵不付錢的，要不然你就當作做好事，幫幫她的忙。這個月的麵錢就讓她欠著，等她有錢時，再拿來還你。這樣好不好？」

老闆先是沉默，接著說：「土地公啊，您也知道我一家老小要養，如果每個客人都像她一樣，那我們家不是要喝西北風了呀。不行，今天我一定要報警處理，不能再通融了。」

婦人依舊委屈的啜泣著。

土地公看了婦人一眼，向老闆說：「好，那我替她還錢，你算一下，她總共欠你多少錢？」

「嗯……這樣不好啦！欠錢的又不是您。」老闆低著頭回答。

「沒關係，你儘管說，我替她還錢。」土地公霸氣的說。

「嗯……好吧，既然您都這樣說，我就不客氣了。這個月三日欠八十，六日欠七十……總共一千二百三十元。」老闆一一道來，語氣變得柔軟且輕鬆。

「好，你等我一下，我回廟裡拿香油錢，順便告訴你，我會把她未來一個月的麵錢先給你，就是待用麵的意思啦，加上欠你的，算起來大約八千元。如果還不夠，請你直接到廟裡上香告訴我，我再請廟公拿香油錢給你。這樣應該可以消消你的怒氣了吧！」土地公跟老闆說明他的做法。

最後，土地公向婦人說：「趕快把鼻血止住，回家休息吧。」

土地公轉頭就走，走向廟埕，廟內人聲鼎沸，原來是信徒來祝壽。土地公一進廟門就跟信徒們打招呼，然後深吸一口氣，跟信徒們說：「謝謝你們的心意，我已吸過供品的味道，謝謝你們的祝福。」

信徒們雙手合十，並齊聲祝賀土地公生日快樂。

土地公請廟公打開功德箱，拿出八千元，很快又走出廟門，向麵店走去。看得後頭的廟公和眾人一頭霧水。

土地公把錢交給麵店老闆後，就離開麵店。他繼續繞完整個村莊，直到黃昏，找不到還有需要排解糾紛的對象後，才再度回到廟裡，順利結束一日下凡，回到神桌上，享受人間香火。

國王與稻草人

「國王啊！你不要忘記，是稻草人立了大功，讓你的軍隊打勝仗啊！」

有一天，國王出王宮，閒逛到稻田間。遠見田中央有一個披著黃色彩帶的稻草人，彩帶上隱約印著斑駁的「護■有功」四個大字。

國王猜想是「護田有功」，立即令侍衛帶稻草人到跟前。

「你在田中央一動也不動。站久了，你知道齁，偷吃稻穀的麻雀就會發現你是假人了啊！」國王喃喃說道。

「對啊！」稻草人竟然說話了。「但我還是要站，因為這是我的本份，也是我的使命。」

國王忍不住被逗笑。「呃……哈哈哈！但你是假人。」

稻草人淡淡的說：「你是真的！又怎樣呢？」

國王一聽，火氣全上來了，看看身旁的大臣，覺得面子被丟光了，生氣的說：「大膽稻草人，竟敢對本王出言不遜！」

國王接著向侍衛下令：「放把火燒了稻草人。」

侍衛隨即緊抓住稻草人，準備放火燒稻草人。

稻草人見狀也鐵了心：「你這個昏君，要燒就燒吧！你這個忘恩負義的傢伙，也不想想我們多少個稻草人同胞犧牲性命，幫你防禦外敵入侵。如今，天下太平，你反而要燒掉我！」

國王氣得吹鬍子瞪眼睛，大臣似乎也看見稻草人身上背的彩帶了，趕緊向前安撫國王的情緒：「陛下，萬萬不可，萬萬不可啊！」並在國王耳邊說悄悄話。

不知道大臣向國王說了什麼，國王點點頭，望向稻草人的彩帶，那不是「護田有功」，而是「護國有功」才對，近距離看仔細後，還是可以辨認。國王似乎也想起了歷歷往事，嘴角泛起一絲笑意，立即命令侍衛：「你們把稻草人抓回田中央繼續站。」

稻草人回到田中央，想起數年前，幫助大將軍打勝仗，親眼看見他的稻草人同胞被火燒光的景象……

當時國王剛登基沒多久，鄰近國家得知國王還不熟悉國政治理，準備發兵入侵。正當鄰國在邊境部署進攻的兵力時，國王坐立難安，他知道他的部隊還缺乏系統訓練，只有兵力，沒有陣法，勉強與鄰國打仗，必當潰敗。

國王找來大將軍，詢問與敵軍打仗勝算如何。大將軍猛搖頭，向國王說明：「陛下，在您登基的時候，宣布軍隊士兵可以依照個人意願解甲歸田或者繼續從軍，留下來的軍隊人數已減少泰半，而且大多數都沒有打仗的經驗。我和其他部隊將軍們近期招募了新的士兵，也開始訓練，可能還要一段時間，才有辦法與敵軍對抗。」

國王眉頭緊皺，立刻從王座上站起來，緊接著再問：「那該如何是好？我才剛登基而已，難道馬上就要被敵軍侵略，摘去我的寶座嗎？你快想想辦法啊！」

大將軍眉頭緊皺，喃喃自語：「我也不知道該如何是好。希望敵軍不要這麼快攻過來，目前也只能加快腳步訓練軍隊了。」

「可惡！萬一來不及呢？怎麼辦啊？你要快點想想辦法，不然到時候，我這國王做不成，你這個大將軍也可能戰死沙場。」國王氣沖沖的說。

大將軍見國王大怒，雙腳一跪，向國王說：「陛下請息怒，我來想想辦法，給我一個上午的時間，我馬上召集各部隊將軍商討此事，請您放心，我一定可以想出好辦法來的。」

國王閉上雙眼，左手一揮，示意大將軍可以離開了。

大將軍起身說：「臣告退。」

大將軍府人滿為患，各部隊將軍帶著隨從到大將軍府集合。隨從被安排到客房休息，各部隊將軍齊聚大廳。

大將軍說明此刻緊張的戰況，並轉述國王的憤怒，只見各部隊將軍眉頭深鎖，不發一語。

大將軍先問弓箭部隊將軍，他拱手作揖：「報告大將軍，目前弓箭部隊約有一千人，人手都有一支弓，箭可能就短缺許多，每個弓箭手只能分配六支箭，射完就沒有了！」

大將軍質問：「為何不趕快製箭呢？」

弓箭部隊將軍很快回答：「報告大將軍，目前趕工中，但短期內很難製造戰爭所需龐大數量的箭。」

大將軍接著問：「需要多久？需要做好十萬支，至少一個弓箭手要有一百支箭才夠。」

「至少要一個月！」弓箭部隊將軍沉默了一下說。

大將軍抿著嘴，嘆了一口氣。心想如果弓箭手發揮不了作用，這場仗真的未戰先敗了。

大將軍再問長槍部隊將軍：「你呢？你應該比較沒問題吧！」

長槍部隊將軍說：「報告大將軍，長槍部隊大約八百人，人手一支長槍，備份大約有二百支，目前攻擊及防守陣法排練中，勉強可以出戰，沒問題。」

「啊？勉強？你是在說什麼啊！可惡。」大將軍一陣責罵。

長槍部隊將軍低著頭不發一語。

大將軍再問大刀部隊將軍：「你呢？」

大刀部隊將軍答道：「報告大將軍，大刀部隊大約一千二百人，人手一支大刀，備份大約有一百支，目前攻擊與防守陣法已排練無數次，正摩拳擦掌等待實戰經驗。」

大將軍點點頭，笑著說：「終於有一支部隊可以打仗了，非常好，繼續訓練，要讓士兵們更孰悉陣法，才有戰勝的把握。」

大將軍接著問伙伕部隊將軍，他大聲回答：「準備好了，只要糧草充足，煮食沒有問題。」

大將軍轉而問糧草部隊將軍：「你呢？正在耕種的面積有多少？存糧又有多少呢？」

糧草部隊將軍低頭沉思，撥弄手指，仔細的計算。他說：「報告大將軍，耕種面積大約五百公頃，五千個稻草人幫忙驅趕麻雀，收成的時期要等一個月後。存糧大約可以維持十天。」

「所以，你的意思是這場戰爭開打，我必須在十天內戰勝敵軍，不然就會缺糧囉？」大將軍問。

糧草部隊將軍斬釘截鐵的說：「是的，十天之內結束戰爭，這樣是比較有利的。萬一，超過十天，必須徵用民間糧食，恐會引起民怨，到時候，內憂外患，情勢更加不利。」

大將軍點點頭，然後仰天長歎。

大將軍問侍衛：「這次來犯的敵軍，粗估有多少人？」

侍衛答：「報告大將軍，敵軍在距離我國邊境一百公尺處紮營，粗估大約有六千人，是我軍的兩倍。」

大將軍來回踱步，喃喃自語的說：「兩倍啊，兩倍啊，那該如何取勝呢？真是糟糕！」

頓時，大廳安靜下來，各部隊將軍面面相覷，沉默等待著大將軍的指示。

大將軍背對著他們，站在座位前許久，似乎在想些什麼？沒有人願意打破沉默先開口，時間就這樣一點一滴的流逝。

衛兵跑進大廳，高聲喊：「報告大將軍，陛下正等著回覆。」

大將軍轉過身，交代衛兵轉告國王，再給他一個小時，衛兵隨即離去。

大將軍開口說：「這場戰爭是免不了了，但是敵軍數量是我軍的兩倍，各位將軍想想看，我們要如何以寡擊眾呢？」

各部隊將軍竊竊私語，暫時也想不出好辦法。

突然，糧草部隊將軍大叫一聲：「有了，我有辦法了，可以拜託稻草人幫忙啊。」

「啊？」大家異口同聲，表示內心的疑問。

大將軍也一頭霧水的問：「你的意思是……稻草人如何能幫助我們打仗呢？」

糧草部隊將軍說：「報告大將軍，我軍人數約三千人，稻草人有五千個。

我可以命我的部隊，把紮在稻田中的稻草人全數集中。然後，為每一個稻草人穿上紙紮的軍裝和兵器，再請大將軍徵用一百部馬車，每部馬車分別載運五十個稻草人，把總共五千個稻草人連夜運出城。在離邊境敵軍營區前五十公尺處，面向敵軍排成橫向五行軍隊隊形，每一行一千個稻草人，派五百名大刀手穿插在第一行的稻草人間，要讓敵軍看到我們龐大軍容的錯覺。」

大將軍開心的大笑，等不及的問糧草部隊將軍：「接下來的布陣呢？」

糧草部隊將軍答：「這樣，我們的軍隊人數就會有八千人左右，遠勝過敵軍六千人；而且敵軍在夜裡，鐵定誤認我軍人數眾多。弓箭手在稻草人後方五十公尺處埋伏，我們大約有六千支箭，如果完全瞄準可以殲滅敵軍，但是我知道並沒有辦法；等弓箭手射完所有箭後，立即向後撤退到營區待命。長槍部隊派出四百名，從左側繞到敵軍後方；大刀部隊派出五百人，從右側繞到敵軍後方。剩餘的長槍和大刀部隊士兵埋伏在弓箭手後方三十公尺，準備攻擊衝過稻草人陣的敵軍。」

「伙伕部隊在營區前負責擊鼓，鼓聲從我軍營區慢慢傳到敵軍營區，可以塑造軍隊陣容龐大的錯覺。這時候，等大將軍命令，立刻擊鼓宣戰，敵軍仗著人數是我軍的兩倍多，聽到宣戰鼓聲，一定會按捺不住，衝向我軍。我軍一擊鼓，原本穿插在第一行稻草人陣的大刀部隊，立刻撤到弓箭手後方三十公尺，與早已部署好的長槍和大刀部隊會合。另外安排五十名弓箭手，箭頭綁上添加火油的碎布團，等敵軍衝向稻草人前方十公尺時，點火射出，引燃稻草人陣。」

大將軍越聽越有趣，繼續追問糧草部隊將軍：「然後呢？然後呢？」

糧草部隊將軍接著說：「當敵軍衝向稻草人陣，迅速點燃稻草人，當敵軍發現被騙時，已經來不及回頭了。稻草人焚燒時冒出的黑煙，一定會燻得敵軍睜不開眼，燃燒中的稻草人也會燒傷敵軍，這時候，敵軍將會一團亂，大將軍再下令弓箭手放箭，敵軍就應該會死傷泰半了。在敵軍衝向我軍同時，長槍和大刀部隊應該已經繞到敵軍後方。最後，我們前後包夾，把敵軍控制在稻草人陣中，敵軍若向我軍方向逃，我們在稻草人後方部署的部隊立刻衝殺；敵軍若回頭逃跑，已繞到敵軍後方的部隊立刻展開攻擊。到那個時候，我們來個甕中抓鱉，敵軍必定投降！」

大刀部隊和長槍部隊將軍點頭如搗蒜。大將軍笑得更燦爛了。直說：「這個辦法好，這個辦法好，哈哈哈，真是妙計啊！好好好，真是好。我趕緊向陛下回報這個好辦法。眾位將軍，三天後，我們就向敵軍宣戰！」

大將軍請大家回營準備，他趕忙騎馬奔向王宮，向國王報告這個好辦法。

三天後的夜裡，就如糧草部隊將軍所說的部署方式，在敵軍營區前方五十公尺處部署好稻草人陣，弓箭部隊在後。在弓箭部隊前方，獨有大將軍坐在馬車內，伙伕部隊將軍站在馬車旁。大將軍右手一舉，鼓聲大作，後方軍隊齊喊殺聲。

瞬間，敵軍果真衝過來了。一切過程，就如糧草部隊將軍所模擬的戰況那樣，稻草人陣先燒起來，弓箭部隊放箭，敵軍全數被圍困在稻草人陣中，傷兵累累，長槍和大刀部隊前後夾擊，敵軍潰不成軍，帶頭的敵軍首領舉白旗投降。

大將軍下令，停止追殺投降的敵軍，放他們一條生路。

這場戰爭，從黑夜到凌晨，很快便結束。大將軍向身旁的糧草部隊將軍說：「傳令下去，大軍回營。」

隔天一早，大將軍命士兵一探敵軍情形，士兵回報敵軍全數離開邊境。大將軍下令，檢視一下大致上還完整的稻草人，請糧草部隊帶回，回國後，要在國人面前，表彰稻草人的戰功。接著，再命令所有部隊回國。

大將軍一回國，立即前往王宮，一見國王：「報告陛下，敵軍已被我軍殲滅大半，全數驅回。」

國王走下臺階，緊握大將軍的雙手說：「謝謝你，這次，你真的立了大功，讓我可以保有國王寶座。哈哈哈……」

大將軍說：「報告陛下，這次要特別感謝五千個稻草人，替我軍立了大功。也要感謝糧草部隊將軍提供的好點子，感謝弓箭、長槍和大刀部隊將軍，感謝伙伕部隊將軍準備豐盛的菜餚。讓我們可以順利擊敗敵軍，也請陛下獎賞所有的將軍和士兵們。」

「一定一定，沒問題，擇日獎賞。但我比較好奇的是稻草人全燒光了嗎？」國王一臉嚴肅的說。

大將軍回答：「感謝陛下恩賜。報告陛下，大部分的稻草人已經燒光。我已命令糧草部隊將軍帶回大致上還完整的稻草人，稍作修復後，大約還剩幾十個稻草人，也請陛下在國人面前表彰他們的戰功。最後，再請糧草部隊將軍，為他們披上黃色彩帶，彩帶上面印有『護國有功』四個字，繼續紮在田中央，讓路過的國人緬懷他們護國的英勇事蹟。」

國王聽了，有些傷感的開口：「還好是稻草人犧牲，不是我們的士兵。大將軍，請你轉達糧草部隊將軍，重新製作五千個稻草人，紮在國內所有的稻田中央，驅趕想要偷吃稻穀的麻雀。」

大將軍拱手作揖：「是，遵命！」

站在田中央的稻草人，彩帶隨風左右飄動，想起被大火燒光的稻草人同胞，不禁悲從中來。他鼓起勇氣，大聲向國王抗議：「國王啊！你不要忘記，是稻草人立了大功，讓你的軍隊打勝仗啊！我就是當初大致上還完整的稻草人，被糧草部隊將軍帶回來，紮在田中央，繼續驅趕麻雀，就算我沒有功勞也有苦勞。難道你忘記了，我身上披的彩帶還是你御賜的啊。你怎麼可以過河拆橋，忘恩負義呢？哈哈哈……『你是真的』，又如何呢？」

國王仔細聆聽完稻草人一番話後，默默的和大臣離開稻田邊。

隔天上午，所有的將軍和大臣齊聚王宮。

國王向大家宣布：「數年前的戰爭，由於稻草人護國有功，令糧草部隊將軍每年重新製作全新的稻草人取代舊稻草人，舊稻草人在原來的稻田中支解後，回歸大自然。那場戰役有將近五千個稻草人被燒掉，我宣布將那天訂為『稻草人日』，全國放假一天，也是紀念稻草人為國犧牲。」

從此以後，稻草人在稻田中站得更直挺挺了，還有農民會為新的稻草人戴上帽子、穿上衣服，把稻草人視為自己的家人般愛護。

——全書完——

兒童文學56　PG2685

誰來當大王

作　　者／何元亨
責任編輯／姚芳慈
圖文排版／陳彥妏
封面設計／蔡瑋筠
出版策劃／秀威少年
製作發行／秀威資訊科技股份有限公司
114 台北市內湖區瑞光路76巷65號1樓
電話：+886-2-2796-3638
傳真：+886-2-2796-1377
服務信箱：service@showwe.com.tw
http://www.showwe.com.tw

郵政劃撥／19563868
戶名：秀威資訊科技股份有限公司
展售門市／國家書店【松江門市】
104 台北市中山區松江路209號1樓
電話：+886-2-2518-0207
傳真：+886-2-2518-0778

網路訂購／秀威網路書店：https://store.showwe.tw
國家網路書店：https://www.govbooks.com.tw
法律顧問／毛國樑　律師

總經銷／聯寶國際文化事業有限公司
221新北市汐止區康寧街169巷27號8樓
電話：+886-2-2695-4083
傳真：+886-2-2695-4087

出版日期／2022年1月　BOD一版　定價／250元
ISBN／978-626-95166-2-9

讀者回函卡

國家圖書館出版品預行編目

誰來當大王/何元亨著. -- 一版. -- 臺北市 :
秀威少年, 2022.01
面； 公分. -- (兒童文學 ; 56)
BOD版
ISBN 978-626-95166-2-9(平裝)

863.596 110018991